Karl Skraup

Familie Hartung

Schauspiel in drei Aufzügen

Karl Skraup

Familie Hartung
Schauspiel in drei Aufzügen

ISBN/EAN: 9783743483552

Hergestellt in Europa, USA, Kanada, Australien, Japan

Cover: Foto ©Andreas Hilbeck / pixelio.de

Manufactured and distributed by brebook publishing software (www.brebook.com)

Karl Skraup

Familie Hartung

Referate

über die erste Aufführung von

Familie Hartung

am deutschen Landestheater in Prag.

„Bohemia" vom 11. Juni 1886.

Deutsches Landestheater. Die Schauspiel-Novität des gestrigen Abends: „Familie Hartung" — das Werk des heimischen Autors Karl Skraup — fand eine entschieden günstige Aufnahme. Das zahlreiche Publicum interessirte sich unverkennbar für die dramatischen Vorgänge und begleitete die Entwicklung des Stückes mit ausgiebigem Beifalle; schon der Expositionsact fand Applaus, und nach den späteren Actschlüssen mußte der Autor mit den wiederholt hervorgerufenen Darstellern erscheinen, um für die freundliche Aufnahme zu danken. Dem Stücke, das die Familienconflicte behandelt, die sich aus einem ungerechten Richterspruch ergeben, ist Gewandtheit und Sinn für Steigerung dramatischen Effectes zweifellos zuzuerkennen. In den äußeren Umrissen gemahnt das neue Schauspiel von Skraup an drei im Theaterrepertoire lebendige Stücke, an Bohrmanns „Verlorene Ehre", an Giacomettos „Bürgerlichen Tod" und an Wilbrandts „Tochter des Fabricius". In allen drei Fällen enthüllen sich uns die Wirkungen eines Criminalurtheils auf das bürgerliche Familienleben. Doch unterscheidet sich das neue Drama wesentlich von den beiden Stücken, die auf unserer Bühne Gestalt annahmen, von dem Versuche des Italieners, den Salvini bei uns einführte, und von dem interessanten Drama Wilbrandts, das daran krankt, daß es auf den Voraussetzungen einer Tragödie die Endwirkungen eines Schauspiels aufbaut. Diese beiden Dramen rühren einerseits an den dunklen Punct, in dem ein gutangelegtes Naturell sich selbst entfremdet und zum Kampfe gegen die sittliche Ordnung aufgeregt wird und sie streifen anderseits die, man darf es wohl aussprechen, erlösende Tendenz unserer Tage, welche dem Jahrtausende lang gehegten Begriffe der Strafe als der absoluten Rache die ethische Berechtigung und den praktischen Werth zugleich bestreitet. In die Tiefe dieser Fragen ist Skraups Schauspiel nicht untergetaucht: eine criminelle Schuld des Helden ist nicht vorhanden und der gesetzlichen Strafe hat sich eben dieser Held durch die Flucht entzogen. Gelegentlich wird die Frage nach der Entschädigung unschuldig Verurtheilter gestreift, aber auch nur gelegentlich, denn der Held verzichtet zuletzt selbst auf jene schon heute gesetzlich mögliche, minimale Entschädigung, die im nachträglichen Freispruch gelegen ist. Der Schwerpunct liegt im Ehrverlust und dessen Consequenzen, in dem Kampfe zwischen innerer und äußerer Ehre, an dem sich wesentlich die nächsten Familienmitglieder des Beschuldigten betheiligen; vom Standpuncte des Familiendramas aus wollen die Conflicte, will die Handlung, die hier in Kürze wiedergegeben sein mag, gefaßt und beurtheilt sein.

(Folgt Inhaltsangabe).

Manche äußere Unwahrscheinlichkeit der im Ganzen geschickt geführten Handlung dürfte dem Leser sofort in die Augen gesprungen sein. Eine innerliche Bedeutung können die Momente beanspruchen, in denen die Tochter im Gegensatze zur Mutter, frei aus dem Gefühle heraus, den Vater von aller Schuld entlastet, ferner die Regung des jungen Wolten, der ungeachtet des seinem Vater drohenden Gerichtes selbst für den Rächer eintritt, und endlich die mit diesen Elementen zusammenhängende Schlußwendung: die Verzichtleistung Hartungs auf seine äußere Rechtfertigung, das Opfer, das die heroische Vaterliebe der bewährten Kinderliebe darbringt. Dieses Schlußmotiv halte ich eigentlich für das wesentlich originale des ganzen Stückes. Der lebendige Zug, der namentlich durch die erste Hälfte des Stückes hindurchgeht, bezeugt eine entschiedene Begabung, der Beifall und Aufmunterung herzlich zu gönnen ist. Für den äußeren Erfolg trägt das Schauspiel Voraussetzungen in sich, die kaum irgendwo versagen werden. Unter den Mitwirkenden (Folgt Besprechung der Darstellung).

„**Prager Tagblatt**" vom 11. Juni 1886.

Deutsches Landestheater. Gestern ging zum ersten Male das vieractige Schauspiel „Familie Hartung" von Karl Skraup in Scene, und fand einen sehr günstigen Erfolg, der dem Verfasser vom zweiten Act an Hervorrufe nach allen Actschlüssen eintrug. Das Stück, das die Rückkehr und moralische Rehabilitirung eines

ehemals schuldlos Verurtheilten, nach Amerika Geflohenen zum Gegenstande hat, ist mit vieler Bühnentechnik aufgebaut und hat effectvolle und ergreifende Rührscenen, die nur manchal, besonders gegen die schließliche Lösung hin, etwas in die Länge gezogen sind.
(Folgt Inhaltsangabe.)

Im Bau und in der Führung der Handlung liegt viel treffende Effectberechnung, die gleich im ersten Acte, im Zusammenstoß des Versöhnung suchenden Hartung mit dem starren Sinn seiner Frau, mit starken Emotionen beginnt und diese, mit Ausnahme des etwas schwächer abfallenden dritten Actes, in dem der alte Sünder Wolten mürbe gemacht wird, in ihrer Kraft bis zum Schlusse zu erhalten weiß. Der Dialog erinnert mitunter in den doctrinären Excursionen, wie z. B. über die jüngst im Wiener Abgeordnetenhause ventilirte Frage der staatlichen Schadloshaltung unschuldig Verurtheilter, oder im letzten Acte über die Pflicht des Gatten, auch im Falle der schwersten Anklage immer nur das Beste von einander zu halten, an die Schule der neueren französischen Dramatiker. (Folgt Besprechung der Darstellung.)

"**Prager Abendblatt**" vom 11. Juni 1886.

Im Landestheater wurde gestern S k r a u p's Schauspiel "D i e F a m i l i e H a r t u n g" zum erstenmal gegeben, ein Bühnenstück in der Art des Wilbrandt'schen "Fabricius" mit gut und wirksam zugestutzten und mit geschickter Hand zurecht gelegten Effecten, die einschlagende Erfolge hatten. Nach den Actschlüssen wurde mit den Darstellern auch der Autor gerufen. Ein frischer, belebender Zug ging durch die ganze dramatische Action 2c. (Folgt Besprechung der Darstellung.) Ueber die Reprisen hoffen und wünschen wir noch oft zu berichten.

"**Politik**" vom 11. Juni 1886.

Deutsches Schauspiel. Das neue vieractige Schauspiel "F a m i l i e H a r t u n g" von dem einheimischen Dramaturgen Herrn K a r l S k r a u p errang einen durchgreifenden Erfolg und trug vom zweiten Aufzuge angefangen, sowohl den Darstellern der Hauptrollen, als auch dem Autor reichlichen Beifall und wiederholte Hervorrufe ein. Es behandelt die Rehabilitirung eines unschuldig Verurtheilten, nach Amerika Ausgewanderten und von dort in die Heimat Zurückgekehrten, und zeichnet sich durch einen lebhaften Zug, geschickte Führung der interessanten Handlung und Reichthum an wirksamen Effecten aus. Eine baldige Wiederholung der Novität wird uns hoffentlich Gelegenheit geben, darauf zurückzukommen.

— IV —

„**Prager Zwischenactszeitung**" vom 11. Juni 1886.

„**Familie Hartung**". Die gestrige Premiére des Schauspiels von Karl Straup hat einen vollständigen und wie wir mit Vergnügen bestättigen müssen, wohlverdienten Erfolg errungen. Die Novität ist als ein bürgerliches Schauspiel im besten Sinne zu bezeichnen. Die Charakteristik der einzelnen Personen ist scharf und lebenswahr, die hochdramatischen Conflicte gehen aus der Situation natürlich hervor; die Herzenstöne, welche uns zu innigem Mitgefühl auregen, sind echt und wahr. Die Weltanschauung, die der junge Verfasser vertritt, ist eine gesunde, sittliche, echt deutsche. Familie Hartung trägt alle Bedingungen in sich, ein Repertoirstück zu werden, und dürfte ihren Weg über die übrigen Bühnen sicher finden. Die Handlung 2c. (Folgt Inhaltsangabe und Besprechung der Darstellung.) Die Hauptdarsteller, sowie der Autor wurden wiederholt und stürmisch gerufen.

„**Prager Zwischenactszeitung**" den 17. Juni 1886.

Bei der gestrigen Wiederholung erzielte „**Familie Hartung**" denselben durchschlagenden Erfolg, den das Stück bei der Premiére errungen hat. Der Autor hat die Winke der Kritik benützt und in den beiden letzten Acten einige Kürzungen vorgenommen, wodurch der Eindruck an Nachhelligkeit gewann und das spannende Interesse bis zum Schlusse rege blieb. Mit der Wahl des Stoffes hat der Autor einen glücklichen Griff ins Familienleben gemacht, und es muß besonders anerkannt werden, daß derselbe, trotzdem er sich im Ganzen, sowohl im effectvollen Aufbau des Stückes, als auch in der Behandlung des Dialogs an die französischen Dramatiker anlehnt, einen sittlichen und erhebenden Conflict uns vorführt. Bei dem Ueberhandnehmen des modern gewordenen Ehebruchdramas kann „Familie Hartung" als eine wohlthätige Bereicherung des sittlichen Familiendramas begrüßt werden, und verdient das hervorragende dramatische Talent des Autors die wärmste Unterstützung. (Folgt Besprechung der Darstellung.)

Familie Hartung.

Schauspiel in drei Aufzügen
von
Karl Skraup.

—:—

Personen:

Sir Richard Bulington.
Elisabeth Hartung.
Lili, ihre Tochter.
Dr. Gurten, Advokat.
Franz Wolten.
Albert, sein Sohn.
Wallok, amerikanischer Consul.
Kohlbaum, Commissär.
Frau Werner.
Ida, ihre Tochter.
Salben.
Adele, seine Schwester.
Bachmann.
Johann, Diener bei Hartung.
Jakob,
Peter, } Diener bei Bulington.

Zeit: Die Gegenwart.

Anmerkung für die Regie: Das Stück ist nach der am Deutschen Landestheater in Prag stattgefundenen Aufführung (eingerichtet und gestrichen) gedruckt, so daß jede weitere Kürzung unzulässig ist. Spieldauer: 2½ Stunden.   Der Autor.

Erster Act.

(Links eine elegante Villa; Hintergrund Park. Links vorn Tisch mit mit Stühlen; rechts einige Ruhebänke; mehr nach hinten in der Mitte ein Blumenrondeau mit einer Statue, so daß der Platz vorne ziemlich vom Hintergrunde abgeschlossen ist.)

1. Scene.

Gurten. Johann.

Gurten. Frau Hartung ist also noch nicht zu sprechen?

Johann. Nein, Herr Doctor! Sie läßt um Entschuldigung bitten. Die Gesellschaft ist zum großen Weiher gegangen, wo eine Kahnpartie arrangirt wird; da mußte die gnädige Frau Fräulein Lili begleiten. Sie läßt den Herrn Doctor bitten, sie gütigst zu erwarten.

Gurten. Ist Gesellschaft hier?

Johann. Die Herren Wolten —

Gurten (erschreckt). Wolten?

Johann. Ja, Herr Doctor! Vater und Sohn — Frau Werner mit ihrer Tochter, Fräulein Salben und ihr Bruder, und Commissär Kohlbaum.

Gurten. Ich danke Ihnen! Ich werde die gnädige Frau hier erwarten. — Noch eins. Bitte, gehen Sie zum Portier und sagen Sie ihm, falls ein Herr Namens Bulington nach mir fragen sollte, möge er mich rufen lassen.

Johann. Zu Befehl, Herr Doctor! (Rechts vorn ab.)

Gurten (allein). Nein, nein! Es geht nicht! Ich ließ mich gestern von seinem Drängen übereilen. Die Zusammenkunft ist jetzt unmöglich, da Wolten hier ist. Ich muß ihm dies auf alle Fälle klar zu machen suchen. Doch wer kommt? —

Als Manuscript gedruckt. 1*

2. Scene.
Gurten. Bachmann.

Gurten. Wie, Sie Bachmann? Wie kommen Sie —?

Bachmann (vorkommend, sehr erregt und scheu). Verzeihen Sie, Herr Doctor! Ich wußte, daß Sie hier sind — und da kam ich, — ich muß Sie sprechen.

Gurten. Und was ist es, das so plötzlich —?

Bachmann. Es läßt mir keine Ruhe — seit heute früh. — Sie müssen mich hören!

Gurten. Nun, also schnell, so lange wir allein sind.

Bachmann (sich umsehend). Hören Sie! Ich habe ihn gesehen.

Gurten. Ihn? — Wen?

Bachmann. Hartung!

Gurten. Wie?

Bachmann. O, versuchen Sie nicht zu leugnen! Ich sah ihn heute Morgen in Sornau, wo er seit zwei Tagen als Sir Bulington wohnt. Unter Tausenden hätte ich ihn wieder erkannt. Ich weiß es, er ist gekommen um Wolten den Proceß zu machen und da — da fiel mir ein, welch' ungeheurer Dummkopf ich war.

Gurten. Ja, wie meinen Sie?

Bachmann. Ich habe mir die Sache überlegt. — Als ich Ihnen neulich die Papiere auslieferte, die vor Jahren durch einen Zufall in meine Hand gefallen waren, und welche Wolten an's Messer bringen müssen, da war ich in einer solchen Wuth über den geizigen Filz, der mich einiger lumpiger tausend Mark wegen aus dem Hause gejagt hatte, — daß ich mich an ihm rächen wollte. — Ich verrieth ihn an Sie! Wußte ich doch, daß Sie als ehrenwerther Mann diesen Schuft nicht ungerupft lassen werden. Allein ich hatte vergessen, daß ich mich damit selbst in die Tinte gebracht habe.

Gurten. Sie? Wie so?

Bachmann. Nun ja! Als Hartung vor fünfzehn Jahren wegen Wechselfälschung und Defraudation unschuldig verurtheilt wurde, und mir Wolten, der ich allein den Schuldigen kannte, mein Schweigen abkaufte, da ließ er mich eine Art Quittung, einen Schein über das empfangene Geld unterfertigen, der mich gleichsam zu seinem Mitschuldigen stempelt.

Gurten. Und?

Bachmann. Und nun — wenn es ihm an den Kragen geht — was habe ich davon, wenn es auch mir die Freiheit kostet? — Mitgefangen, mitgehangen! Und darum, Herr Doctor, müssen Sie mir die Papiere wiedergeben!

Gurten. Ich? Sind Sie toll?

Bachmann. Ich muß sie haben.

Gurten. Sie fordern Unmögliches! Die Papiere liegen bereits bei den Gerichten.

Bachmann (erschrickt). Bei den Gerichten?

Gurten. Ja! — Doch hüten Sie sich darüber zu plaudern, sonst müßte ich Wolten sofort verhaften lassen. — Unfehlbar würde man sich auch Ihrer bemächtigen.

Bachmann. Meiner bemäch —?

Gurten. Nun ja, da, wie Sie sagten, Wolten Sie in Händen hat —

Bachmann. O, ich — ich Narr, — ich Dummkopf, — ich — Esel, der ich mich rächen wollte und nun — (plötzlich) Ich muß fort! Herr Doctor, ich muß über's Meer. Aber ich habe kein Geld. Geben Sie mir 2000 Mark.

Gurten. 2000 Mark?

Bachmann. Ja, mehr brauche ich nicht. Ich denke, Sie und Hartung sind mir zu Dank verpflichtet, — daß ich Ihnen zu den Papieren verholfen, und Sie werden nicht wollen, daß ich darum leide.

Gurten. Mein lieber Bachmann! Ich benöthige Ihre Aussage viel zu sehr, als daß ich Ihnen dazu verhelfen sollte, zu entkommen.

Bachmann (trostlos). Ja, was aber soll ich thun?

Gurten. Das ist Ihre Sache.

Bachmann. Aber ich muß mich aus dem Staube machen, sonst faßt man mich beim Kragen. Und geben Sie mir kein Geld, nun dann bleibt mir nichts übrig — als — am Ende gehe ich zu Wolten.

Gurten. Wie?

Bachmann. Ich sage ihm, daß ich eine Dummheit gemacht, ich warne ihn —

Gurten. Bachmann! Sie werden doch nicht! Sie sind ein Narr! Nun gut — Sie sollen das Geld haben.

Bachmann. Wann?

Als Manuscript gedruckt.

Gurten. In drei Tagen.

Bachmann. Hm! — In drei Tagen.

Gurten. Ja.

Bachmann. Und warum nicht gleich?

Gurten. Mißtrauen Sie mir?

Bachmann. Nein, aber ich fürchte —

Gurten. Bis dahin soll Ihnen nichts geschehen. Ich verspreche es Ihnen.

Bachmann. Gut! So will ich noch drei Tage warten. Sie sollen den Schein haben und dann erhalte ich 4000 Mark.

Gurten. 2000 Mark haben Sie gesagt.

Bachmann (lachend). Ja früher! Aber jetzt — jetzt kann ich es nicht billiger machen. Die Angst, die ich bis dahin ausstehen muß —

Gurten. Und wenn ich nicht darauf eingehe?

Bachmann. O, Sie werden schon! So viel wird Ihnen Hartungs Ehre schon werth sein. Doch wenn Sie nicht wollen, nun — dann gehe ich zu Wolten.

Gurten. Nun meinetwegen! Abgemacht!

Bachmann (die Hand hinhaltend). Hand und Wort!

Gurten (sieht ihn verächtlich an und zieht seine Hände zurück). Mein Wort!

Bachmann. Und Handschlag!

Gurten (zögert).

Bachmann. Nun?

Gurten (gibt ihm die Hand, verächtlich lachend). Sie sind ein ganz gemeiner Schuft!

Bachmann. Schuft? Meinen Sie? Gut, das geht noch mit auf's Conto! Also in drei Tagen komme ich und hole mir 6000 Mark!

Gurten. 4000 Mark.

Bachmann (lachend abgehend). O nein — 6000 — kann es jetzt nicht billiger machen. (ab rechts.)

Gurten. Die Dreistigkeit dieses Patrons geht über alle Grenzen! Ich mußte ihn hinhalten, sonst entkommt er mir — und ich brauche ihn so nöthig. — Ei, sieh da, Frl. Lili.

3. Scene.

Gurten. Lili.

Lili (kommt athemlos von rechts hinten; in die Coulisse blickend). Ob er mich finden wird? ich hoffe, ja! (erblickt Gurten, unangenehm überrascht) Ah! — Herr Doctor Gurten!

Gurten. Ei, der Tausend! Sie begrüßen mich ja in einem äußerst erfreulichen Tone! — So unangenehm ist es Ihnen, mich hier zu sehen?

Lili (verlegen). Unangenehm? O, nicht doch! Ich bin entzückt.

Gurten (lachend). So — sogar entzückt? Nun, das freut mich! Es würde mich auch gekränkt haben, wenn ich meiner kleinen Freundin hier unangenehm gewesen wäre. —

Lili. Oh — wo denken Sie hin? (sieht sich verlegen um, nach einer Pause, plötzlich.) Wollen Sie Mama sprechen? Die ist im Hause! (auf's Haus deutend.)

Gurten (lächelnd) So, hier, im Hause? Wissen Sie das genau?

Lili. Ganz genau!

Gurten. So? — Ich dachte, Mama wäre beim Weiher?

Lili (hastig). Beim Weiher? Ja, ja, Sie haben Recht! Sie ist beim Weiher! Gehen Sie nur zum Weiher!

Gurten (lachend). Ei, Fräulein Lili! das klingt ja so, als ob Sie mich fortbringen wollten!

Lili. Ich?!

Gurten. Nun ja! Erst wollen Sie mich hier hineinschicken — zu Mama, — die doch nicht da ist! — Jetzt wollen Sie mich zum Weiher haben! Nun gut, ich gehe!

Lili (erfreut) Wirklich?

Gurten (lachend). Wirklich!

Lili (erleichtert). Ah —

Gurten. Aber nur unter einer Bedingung —

Lili (drängend). Unter welcher? unter welcher?

Gurten. Wenn ich die Wahrheit erfahre! (scherzend.) Sie erwarten wohl hier einen jungen Herrn der Gesellschaft?

Lili (nicht verlegen).

Gurten. So — wen denn?

Lili. Wer wird denn so neugierig sein, sich in die

Geheimnisse eines jungen Mädchens drängen zu wollen. — Ich erwarte einen liebenswürdigen jungen Herrn und da — Gurten — wäre der alte Herr sehr freundschaftlich, wenn er ginge.

Lili. Er wäre reizend, wenn er — nicht bliebe!

Gurten (lachend). Nun gut, ich gehe!

Lili. Gott sei Dank!

Gurten (wie früher). Noch eins!

Lili. Ah!

Gurten. Ist Herr Wolten noch hier?

Lili (warm und verlegen). Herr Albert?

Gurten. Nein, dessen Vater!

Lili. Gewiß, Sie treffen alle beim Weiher.

Gurten. Ich danke! (will nach rechts abgehen.)

Lili (bestürzt, b. S). Um Gottes willen, da könnte er ihm begegnen. (laut.) Nein, nein, nicht hier! Mama kommt von dieser Seite! (nach links drängend.)

Gurten. Ach jo! — und von dieser Seite kommt — (lächelnd.) Nun gut, gehen wir auf diese Seite! (links hinten ab.)

4. Scene.

Lili, dann Albert.

Lili (allein). Endlich ist er weg! Ich weiß nicht, warum es mir peinlich gewesen wäre, wenn er mich mit Herrn Albert allein getroffen hätte, — denn er muß gleich hier sein. — Allein — mit ihm! Wird er da nicht den Preis seiner Wette verlangen? (vor sich hinträumend.) Einen Kuß! (sich losreißend.) Nein, nein, nein! das darf nicht sein. Er soll mich nicht finden! (will ab, Albert tritt ihr entgegen.)

Albert. Victoria! (die Uhr ziehend.) In 15 Minuten habe ich Sie eingeholt — ich habe gesiegt!

Lili. Wirklich?

Albert. Hier meine Uhr!

Lili (verlegen). In der That! Ich gestehe, Sie haben die Wette gewonnen!

Albert. Hurrah! Und nun — meinen Preis! Sie werden erlauben — (tritt auf Lili zu.)

Lili (bestürzt, zurücktretend). Herr Wolten —

Albert (betroffen, verlegen). Fräulein Lili!
Lili. Sie werden hoffentlich nicht so kühn sein, einen Scherz ernsthaft zu nehmen.
Albert (enttäuscht). Ihnen war es ein Scherz? Mir aber war es Ernst! Wir fuhren jeder in unserem Kahne. Sie wetten, daß ich nicht im Stande sei, Sie bei 100 Schritte Vorsprung in 15 Minuten einzuholen. Der Preis der Wette, den ich vorschlug, und den Sie acceptirten —
Lili. Aus Scherz!
Albert. Und den Sie acceptirten, war Ihrerseits ein Kuß, meinerseits mein Apfelschimmel, den Sie schon so oft bewundert haben, und daher —
Lili. Sie wissen sehr gut, daß, wenn Sie verloren hätten, ich nie von Ihnen den Preis der Wette angenommen hätte.
Albert. Ja, aber warum denn nicht?
Lili. Weil — gleichviel! das Ganze war ein Scherz!
Albert. Mir nicht, und ich will meinen Kuß! (drängend.)
Lili (mit Würde). Herr Albert! Wollen Sie, daß ich nie wieder ein Wort mit Ihnen spreche?!
Albert. O, Fräulein Lili! So grausam sind Sie gegen mich, der ich Sie so verehre, so anbete —
Lili (spottend). In der That? Wie vielen Mädchen haben Sie wohl schon dasselbe gesagt?
Albert. Spotten Sie nicht! Sie wissen sehr gut, daß ich für keine Andere Augen und Gedanken habe, als nur für Sie! — O wenn Sie wüßten, wie innig ich Sie liebe!
Lili. Herr Albert! Es schickt sich nicht, einem jungen Mädchen solche Dinge zu sagen.
Albert. Ja, mein Gott, sage ich denn etwas Unrechtes? Darf man denn nicht der Sprache seines Herzens freien Lauf lassen? O nein! So weit erstrecken sich die thörichten Schranken der Convenienz nicht. Ich sage Ihnen nur die Wahrheit, wenn ich Ihnen betheuere, daß ich Sie verehre, Sie liebe, die Sie so reizend, so entzückend - aber auch so grausam sind! denn stets weisen Sie mich zurück, wenn mein Herz vor Liebe überströmt. - Und auch jetzt, wo ich jubelte, daß Sie mir endlich ein kleines Zeichen Ihrer Gunst — einen Kuß gewähren wollen —

Als Manuscript gedruckt.

Lili (naiv). Einen Kuß nennen Sie ein kleines Zeichen?

Albert. Jetzt spotten Sie meiner abermals! O, Sie glauben mir nicht, wie ernst meine Gefühle sind!

Lili (b. S.) Er ist reizend! (laut.) Ich mag die ernsten Leute nicht.

Albert. Ich will ja auch nicht ernst sein, wenn Sie es nicht wünschen. Ich will heiter, lustig, ausgelassen, toll sein — wenn Sie mir glauben, wie sehr ich Sie liebe. Thun Sie das nicht — dann dann werde ich sehr traurig, sehr unglücklich sein!

Lili (b. S.) Der Arme! (laut.) Nun denn, wenn Sie mir versprechen, recht vernünftig zu sein, so will ich Ihnen sagen, daß —

Albert (erfreut, auf sie zutretend). Daß Sie mir glauben! O Lili! —

Lili (zurücktretend). Wollen Sie gleich vernünftig sein!

Albert. Aber Sie müssen mir auch sagen, ob Sie mich wieder lieben?

Lili (verschämt). Ich — ich soll —

Albert. Und müssen mir erlauben, daß ich — daß ich (näher tretend, sehr verlegen.) Lieben Sie mich wieder, Lili?

Lili (steht ganz befangen da).

Albert. Lili — liebe Lili! (nimmt sie bei der Hand — sie läßt es willig geschehen.)

Lili (sich plötzlich losreißend). Dort kommt Mama und der Doctor!

Albert. Verwünscht! und dort die übrige Gesellschaft!

Lili (hastig). Fort! fort! Ich will nicht, daß der boshafte Doctor Sie hier mit mir sieht.

Albert. Gut, ich gehe; aber nur wenn Sie mir sagen —

Lili. Ich lasse mir keine Bedingungen vorschreiben! Fort! fort!

Albert. O Lili! Wie grausam spielen Sie mit mir! (rechts vorn ab.)

5. Scene.

Lili. Elisabeth. Gurten. Wolten. Frau Werner. Ida. Salben. Adele. Kohlbaum.

(Die Gesellschaft tritt im Hintergrunde auf, und sobald Lili sich zu ihr gesellt, geht sie langsam nach rechts hinten ab.)

Elisabeth (vorkommend). Sieh da, Lili! Du bist uns vorausgeeilt! Weshalb?

Lili (verlegen). Ich — ich wollte —

Gurten. Das Fräulein hatte offenbar noch Einiges für ihre Gäste zu besorgen. Nicht wahr?

Lili. Ja, ja — so ist es!

Elisabeth. Das ist brav von Dir! Immer nur häuslich und wirthschaftlich sein! Das steht jungen Mädchen gut an! — Doch nun geh' zur Gesellschaft, man will dort Croquet spielen, ich habe mit dem Doctor noch Einiges zu besprechen. (geht nach links, sich setzend — unterdessen:)

Lili (leise zu Gurten). Sie boshafter, garstiger Mensch!

Gurten (ebenso, halblaut). Wie? Habe ich Ihnen nicht geholfen? Ihnen eine kleine Lüge erspart?

Lili (mit Humor) Sie sind ja reizend! Ich danke Ihnen! (nach hinten rechts zur Gesellschaft, dann ab.)

6. Scene.

Elisabeth. Gurten.

Elisabeth (hat sich links gesetzt, ladet Gurten ein, Platz zu nehmen). Kommen Sie, lieber Doctor und lassen Sie uns die Angelegenheit zu Ende führen. Also das Gut? —

Gurten. Ist seit gestern frei von jeder Schuldenlast. Der letzte Theil des Kaufschillings ist bezahlt. Sie können die Herrschaft ganz und uneingeschränkt Ihr Eigenthum nennen.

Elisabeth (reicht ihm die Hand). Ich danke Ihnen, Freund, für diese Nachricht. — O, wie Sie mich glücklich machen.

Gurten. Sie können auch stolz darauf sein, denn, um dies zu erreichen, haben Sie sich manche Einschränkung auferlegt, die Sie eigentlich nicht nöthig gehabt hätten.

Als Manuscript gedruckt.

Elisabeth. O doch! — Es genügte mir nicht, daß das Erträgniß von Königswart uns so ziemlich allen Luxus gestattet, ich wollte die Herrschaft auch frei von jeder Last wissen, um die Zukunft Lili's völlig unabhängig zu gestalten.

Gurten. Lili's?

Elisabeth. Ja, Doctor! Und nun hören Sie, welch' Anliegen ich noch habe. Seien Sie so freundlich, die nöthigen Schritte zu thun, damit die Herrschaft in den Grundbüchern auf den Namen meiner Tochter eingetragen werde. Nur Lili soll die Besitzerin von Königswart genannt werden.

Gurten. Aber weshalb diese Maßregel?

Elisabeth. Ich bin dies dem Andenken meines Vaters schuldig. Ich handle gewiß in seinem Sinne. Wäre mein Vater nicht eines plötzlichen Todes gestorben, sicherlich hätte er nur zu Gunsten Lili's testirt. Und wäre mir, als seiner einzigen Tochter, nicht gesetzlich sein Vermögen zugefallen, ich stünde heute als Bettlerin da. So tief war der Groll, den er gegen mich hegte, und den er nie aus seiner Seele bannen konnte.

Gurten. Ja, ja, der adelsstolze Freiherr konnte es nicht vergessen, daß seine Tochter den bürgerlichen Hartung liebte und heirathete.

Elisabeth. O, wie recht hatte mein Vater, als er die Einwilligung zu dieser Ehe versagte. Allein was kümmerte mich dies! — Von jeher energisch und entschlossen, nur meiner Ueberzeugung lebend, folgte ich allein dem Drange meines Herzens, das mich zu Hartung hinzog. — O, wie habe ich ihn geliebt, ihm vertraut! Glanz und Ehre habe ich geopfert, dem Segen meines Vaters habe ich entsagt, nur um ihm anzugehören und er — er war dessen nicht werth!

Gurten. Diese Ueberzeugung haben Sie nicht aus Ihrem Herzen geschöpft, sie stammt von Ihrem Vater.

Elisabeth. Konnte ich mich ihr verschließen? Als mich mein Vater nach jenem fürchterlichen Unglück wieder gnädig bei sich aufnahm, mußte ich ihm da nicht gehorchen, als er die gesetzliche Trennung von Richard verlangte? Mußte ich mich nicht von ihm lossagen, von ihm, der durch sein Verbrechen meinen Vater in's Grab gebracht hatte? — O, der Elende! — Doch ich muß auch mich anklagen. Vielleicht war auch ich an seinem Verbrechen schuld. Als ich dem Willen meines Vaters zum Trotz ihn heirathete. da nahm er mich hin, so wie ich war, eine Ausgestoßene ohne jede Mitgift. Gewiß habe ich Richard, der meinem Stande Rechnung tragen wollte, ohne es zu wollen, veranlaßt, glänzender zu leben, als seine Verhältnisse ihm gestatteten. Aber mußte er deshalb zum Verbrecher werden? Alles, Noth und Elend, hätte ich ertragen, die tiefsten Demüthigungen wollte ich noch heute erdulden — könnte ich ihn schuldlos glauben! Ich kann es nicht! Ich muß ihn verachten — hassen, ihn, den ich einst so heiß geliebt.

Gurten. Wer weiß, ob Sie damit nicht ein schweres Unrecht begehen! Ob er nicht unter der Last zusammenbrach, die er 15 Jahre lang unschuldig tragen mußte.

Elisabeth (springt auf). Unschuldig? Doctor, martern Sie nicht ewig mit diesen Worten meine Seele! Wollen Sie denn allein an seine Unschuld glauben, wo ihn Alles verurtheilt hat?

Gurten. Und doch bin ich jetzt von seiner Unschuld überzeugt.

Elisabeth. Wie kann er unschuldig sein, da die Richter ihn verurtheilt haben?

Gurten. Die Richter können irren.

Elisabeth. Die Richter sind der Staat, das Gesetz. — Und diese dürfen nicht irren, sonst wären die Ehrlichen schutz- und machtlos in der Welt.

Gurten. Und doch fehlt und irrt gar oft der Staat und sein Gesetz, - denn die Richter, die nach dem Gesetze urtheilen, sind Menschen. Menschen haben die Gesetze gemacht — und irren ist menschlich. — Wenn man nicht von dieser Ueberzeugung durchdrungen wäre, würde man nicht ein Gesetz schaffen wollen, welches die Irrthümer der Richter gut machen und unschuldig Verurtheilte entschädigen soll? — Entschädigen! — Als ob man Kummer und Schande, die unverdient jahrelang auf einem Unschuldigen gelastet. entschädigen und bezahlen könnte!

Elisabeth. Aber sprach denn nicht Alles gegen ihn? Das Urtheil der Sachverständigen, die den Wechsel als gefälscht erklärten, der Abgang in seiner Kasse, und wenn dies Alles nicht wäre — hat er sich nicht selbst schuldig bekannt?

Gurten. Wann hätte er das gethan?

Als Manuscript gedruckt.

Elisabeth. An jenem Tage vor der Schlußverhandlung. Als man mich zu ihm ließ, als ich in meinem Elend ihm Vorwürfe machte, wie sie meine verzweifelte Seele mir eingab, da sah er mich mit seinem durchbohrenden Blicke an und sprach: „Also auch Du hältst mich schuldig? Auch Du?" Und als ich erwiderte: „Muß ich nicht, wo Alles gegen Dich spricht?" da sank er gebrochen zusammen und sagte: „Nun, dann bin ich schuldig!" Und wild lachte er auf, daß mich dies Gelächter davontrieb und mir noch heute in den Ohren klingt.

Gurten. Und diese Worte, die vielleicht der Ausdruck des Hohnes, der Verzweiflung, der Verbitterung gewesen sind, gelten Ihnen als Geständniß? — Mir nicht! — Ich halte Hartung für unschuldig und vielleicht kommt bald der Tag, der dies beweisen wird. (drängend.) Elisabeth, theure Freundin! Wenn das Unwahrscheinliche eines Tages einträfe, wenn Richard zurückkehrte, um Sie und sein Kind wiederzusehen —

Elisabeth. Doctor, Sie erschrecken, Sie entsetzen mich!

Gurten. Was würden Sie thun?

Elisabeth. Doctor, martern Sie mich nicht! Was sollen diese Reden?

Gurten. Elisabeth! Hören Sie! Als es Hartung damals gelang, sich durch Flucht dem Kerker zu entziehen, rettete er sich nach Amerika, wo er sich nicht nur ein Vermögen, sondern auch einen geachteten Namen erwarb. Nun aber ist er zurückgekehrt, er will vor Sie hintreten, da er hofft, Ihnen seine Unschuld beweisen zu können!

Elisabeth. Beweisen! Seine Unschuld? — Jeder versuchte Beweis dürfte nur eine neue Lüge sein. — Hat er mir und nicht Allen gelogen, daß er schuldlos sei und ist doch schuldig befunden worden? Und jetzt, wo er mit neuen Lügen an Sie, an mich herantreten will, um mein Herz abermals zu bethören, jetzt soll ich ihn aufnehmen? Nein, nein! Ich muß mich vor ihm verschließen, ich bin es meiner Ehre schuldig. Mein Herz könnte — Nein, nein! Nie darf er meine Schwelle überschreiten! Nein! nie!

Gurten. Sie wissen nicht, was Sie thun! Hören Sie, ich habe Beweise —

Elisabeth (außer sich). Lassen Sie mich! Und wenn Sie mir die fürchterlichste Scene meines Lebens ersparen wollen, so verhindern Sie dieses entsetzliche Wiedersehen! In seinem Interesse! — Es müßte zu hart für ihn sein!

Gurten. Und sein Kind? Wird er nicht sein Kind sehen wollen?

Elisabeth (entsetzt). Mein Kind! (weich.) Mein Kind! — (scheu.) Er wird doch nicht so frevelhaft sein, Lili's Seelenfrieden stören zu wollen! — Ich mochte nicht lügen, daß er todt sei, und wollte doch in Lili's reiner Seele sein Andenken nicht beflecken. Sie glaubt ihren Vater verbannt — unschuldig — aus politischen Gründen verbannt. — Und jetzt sollte er vor sie hintreten? — Entsetzlich! Verhüten Sie das, Doctor (außer sich) — sonst zwingen Sie mich, Lili zu sagen — was ihr Vater ist —! (geht nach hinten.)

Gurten. Armer, armer Freund! Hier sind wir noch weit vom Ziele! — Ich muß ihn warnen, hierher zu kommen! Sie hat Recht, es wäre zu hart für ihn. (will nach hinten, von wo die Gesellschaft auftritt.)

7. Scene.

Vorige: Frau **Werner**, **Ida**, **Adele**, **Lili**, **Albert**, **Wolten**, **Salben**. **Kohlbaum**.

Kohlbaum (von Allen mit Fragen bestürmt.) Ja, meine Herrschaften, Sie fragen mich viel zu viel. Ich kann Ihnen nicht mehr sagen.

Lili. Denke Dir, Mama —

Elisabeth (hat sich gefaßt). Was gibt es?

Lili. Stelle Dir vor, Mama! Die Herrschaft Sornau hat einen neuen Besitzer, das Schloß einen neuen Bewohner und wir haben einen neuen Nachbar bekommen.

Salben. Einen Amerikaner!

Frau Werner. Ja, einen reichen Amerikaner!

Ida. Und er soll sehr hübsch sein.

Adele. Und ledig!

Wolten. Und Sie wüßten uns in der That nichts Näheres über den neuen Ankömmling zu sagen?

Kohlbaum. Nicht mehr, als ich Ihnen bereits mitgetheilt habe.

Als Manuscript gedruckt.

Salben. Und das war so viel als nichts.

Frau Werner. Aber wozu sind Sie denn von der Polizei? Die soll doch Alles wissen?

Kohlbaum (lächelnd). Ja, sie soll! Sie kann aber nicht immer.

Wolten. Kümmern Sie sich denn nicht näher um die Verhältnisse solcher (spöttisch.) interessanter Fremdlinge?

Kohlbaum. So lange sie uns keine Veranlassung hierzu geben — nicht!

Wolten. Ich meine, die Polizei sollte gegen Alles, was von Amerika kommt äußerst mißtrauisch sein, wenn man in Erwägung zieht, wie viele zweifelhafte Elemente, ja wie viele Verbrecher uns dies Land abnimmt.

Gurten (der bisher beobachtend bei Seite gestanden, mit Beziehung auf Wolten). Nun, ich denke, wir könnten mit der Zahl der Verbrecher und Hallunken, die unserem Vaterlande erhalten bleiben, noch ganz zufrieden sein! Meinen Sie nicht, Herr Commissair?

Kohlbaum (lachend). Allerdings! Aber meine Herrschaften, Sie bestürmen mich um Neuigkeiten über den Käufer von Sornau und finden hier Jemanden, der uns am allerbesten unterrichten kann.

{ Frau Werner } Wirklich?
{ Adele }

{ Ida } Wie so denn?
{ Salben }

{ Albert
Wolten } Wer kann uns?
{ Lili }

Kohlbaum. Nun ja! Hier der Herr Doctor, der ja den Ankauf von Sornau besorgt hat.

Elisabeth (wird aufmerksam). Sie hätten —

Frau Werner. Wirklich? Ach, erzählen Sie!

Adele. Ist er hübsch?

Ida. Hat er viel Geld?

Lili. Von wo kommt er?

Gurten. Meine Herrschaften, ich bedaure, daß ich Ihrer Neugierde —

{ Frau Werner } Ah!
{ Adele }

Gurten. — ich wollte sagen, Ihrem Interesse so wenig Nahrung bieten kann; denn auch ich weiß nichts Besonderes zu erzählen. Der neue Besitzer von Sornau wurde mir von einem (mit Beziehung auf Elisabeth) Freunde empfohlen, den ich in Amerika besitze, und so habe ich denn in seinem Auftrage die Herrschaft angekauft.
Lili. Und wo hat der neue Besitzer bisher gelebt?
Gurten. Ich glaube in Californien.
Frau Werner. In Californien! O himmlisch!
Adele. Hat er viel Gold mitgebracht?
Gurten. Gold?
Adele. Nun ja, dort liegt es doch auf der Straße!
Salben (lachend). Da wird er sich doch einige Male gebückt haben, um es aufzuheben?
Gurten. Ich bezweifle, daß heutzutage das Geld noch in natura auf den Straßen in Californien zu finden wäre. — Aber gearbeitet hat der neue Besitzer jedenfalls sehr viel da drüben. Dafür spricht sein ganzes Wesen.
Adela } So? Haben Sie ihn gesehen?
Ida }
Frau Werner. Ist er schon hier?
Gurten. Seit gestern.
Elisabeth (ausholend). Und wie ist sein Name?
Gurten. Er heißt Richard —
Elisabeth (springt auf).
Gurten. — will sagen — (mit englischer Aussprache:) Richard Bulington.
Wolten. Ist er Amerikaner von Geburt?
Gurten. Ich weiß nicht. Daß er Bürger der vereinigten Staaten ist und sich drüben des allgemeinen Ansehens erfreut, das konnte ich aus seinen Papieren entnehmen.

8. Scene.

Vorige. Johann, dann **Richard.**

Johann. Entschuldigen, gnädige Frau! Ein Herr fragt beim Portier nach Herrn Doctor Gurten und der gnädigen Frau.
Elisabeth. Wer ist es denn?

Als Manuscript gedruckt.

Johann. Hier ist seine Karte.
Lili (nimmt sie und liest). Richard Bulington,
{ Frau Werner.
Adele.   } Ah!
Ida.
Salben.   } Er selbst!
Albert.
Kolbaum. Der Wolf in der Fabel!
Wolten. In der That!

Gurten (b. S.) Der Ungeduldige! Verzeihen Sie, daß ich mich entferne. Herr Bulington bat mich gestern, ihn heute hier vorstellen zu dürfen. — Allein da so zahlreicher Besuch hier ist, so will ich ihn bitten, ein andermal —

Alle. Wie — was? Ah —

Frau Werner. Aber Doctor, weßhalb denn? Wollen Sie uns die Bekanntschaft dieses interessanten Californiers nicht machen lassen? Nicht wahr, Frau Hartung ist so freundlich, ihn jetzt zu empfangen?

Alle. Ach ja, ich bitte!

Elisabeth (zögernd). Nun, wenn Sie es wünschen, und wenn der Doctor glaubt —

Gurten. Ich? (b. S.) Ich kann nicht mehr zurück.

Elisabeth (zu Johann). Bitten Sie den Herrn hierherzukommen!

Johann (ab).

Gurten (b. S.) Nun sei uns das Schicksal gnädig.

Frau Werner. Ida, halte Dich gerade! Und wie Du aussiehst! (Ordnet an ihr herum.)

Adele (zu Kolbaum) Sehe ich nicht zu echauffirt aus? Ich habe heute nicht meinen beau jour.

Lili (halblaut zu Albert). Sind sie nicht alle lächerlich?

Wolten. Ich bin begierig dies amerikanische Wunderthier zu sehen.

Gurten. Nehmen Sie sich in Acht! Vielleicht ist es gefährlich! Es könnte Sie verschlingen.

Wolten (scherzend). Ich fürchte mich nicht! Auch habe ich polizeilichen Schutz bei mir!

*) **Johann** (tritt mit Richard auf). Hier, mein Herr, ist Herr Doctor Gurten.

Gurten (zu Richard leise). Verrathe Dich nicht, sonst ist Alles gefährdet. (laut. Sir Bulington! Frau Hartung ist so freundlich, Sie zu empfangen. (vorstellend.)

Elisabeth (erschrickt und starrt ihn an.

Richard (bewegt, sich mühsam beherrschend). Gnädige Frau!

Gurten. Und hier Fräulein Lili Hartung.

Richard (vor sich hin, sich fast vergessend). O wie schön!

Gurten (bemerkt seine Bewegung, in der Absicht, sie abzulenken — laut). Und hier ein Freund des Hauses: Herr Wolten (leise.) Fassung! —

Richard (zuckt zusammen, faßt sich, kalt und ruhig). Sehr erfreut!

Wolten (ihn in's Auge fassend, das Wort erstirbt auf seiner Zunge). Sir Bulin — — (b. S.) diese Aehnlichkeit!

Gurten (stellt leise rechts hinten die übrige Gesellschaft vor, auf Albert, der links steht, vergessend.

Kohlbaum (zu Wolten). Was haben Sie? Was setzt Sie so in Erstaunen?

Wolten. O nichts — und doch! - Eine seltsame Aehnlichkeit! — Ja, bei Gott! Sehen Sie hin, auch Frau Hartung ist bewegt.

Kohlbaum. In der That! Aber was ist dabei so befremdend?

Wolten. O nichts! — Und vielleicht doch! Ich bin einer Sache auf der Spur, die auch Sie, Herr Commissair, interessiren könnte.

Richard (wendet sich jetzt vor). Verzeihen Sie, gnädige Frau —

Elisabeth (b S.) Seine Stimme, — kein Zweifel, er ist's. Sei standhaft, Herz!

	*) Stellung:	
Albert.		
Lili.	Gurten. Richard.	Fr. Werner.
		Ida.
		Salben.
Elisabeth.		Adele.
		Kohlbaum.
		Wolten.

Als Manuscript gedruckt.

Richard. Verzeihen Sie, daß ich Ihren trauten Kreis durch mein Eindringen gestört habe. Allein ich konnte die Sehnsucht nicht unterdrücken, mit meinen nächsten Nachbarn Beziehungen anzuknüpfen, von denen ich hoffe, daß sie dauernd werden mögen.

Elisabeth (gefaßt und frostig). Ich fürchte nur, daß Sie sich in Ihren Hoffnungen betrogen sehen werden. Ich bin ein wenig leidend und darf mir nicht erlauben, Fremden den Zutritt in mein Haus so leicht zu machen.

Alle (allgemeines Erstaunen über die Ablehnung).

Gurten (b. S.) O, dies stolze Herz! Sie hat ihn erkannt.

Richard (ist zusammengezuckt).

Wolten (die Scene scharf beobachtend b. S.). Er ist's! — Ich muß mir ihn vom Halse schaffen.

Elisabeth. Die Herrschaften werden verzeihen, wenn ich mich zurückziehe.

Richard (sieht flehend zu Gurten — leise). Freund!

Gurten (leise). Du sollst sie sprechen! (Laut) O, ich bin überzeugt, Frau Hartung wird Ihnen gewiß noch einige Zeit Gehör schenken, wenn sie erfährt, daß Sie von einem Freunde einen Auftrag übernommen haben, dessen Sie sich gern entledigen würden.

Richard (leise). Was thust Du?

Gurten. Die Herrschaften werden daher so freundlich sein, die gnädige Frau mit Sir Bulington allein zu lassen.

Frau Werner. Gewiß! O unsretwegen dürfen Sie sich keinen Zwang anthun. Wir gehen in das Musikzimmer! Lili wird uns eines ihrer herrlichen Lieder singen. Auf Wiedersehen, mein Herr Californier! (Ab in's Haus.)

Alle (gehen nach und nach ebenfalls dahin ab).

Kohlbaum (hat Alles beobachtet). Seltsam, fast räthselhaft!

Wolten. Kommen Sie! Ich will Ihnen eine Mittheilung machen, die Ihnen das Räthsel lösen soll. (Ab.)

Gurten (leise zu Richard). Versuche es, dies starre Herz zu erweichen! (Sich vor Elisabeth verneigend). Gnädige Frau!

Elisabeth (leise). Was haben Sie gethan?

Gurten. Meine Pflicht! (Ab in's Haus.)

Lili (ist Richard betrachtend zurückgeblieben).

(Lange Pause)

Richard (verlegen). Gnädige Frau — mein Fräulein!
Elisabeth (bemerkt Lili). Wie Lili, Du hier?
Lili. Ah, Verzeihung, Mama, daß ich bleibe! Allein ich hörte, daß Sir Bulington einen Auftrag an Mama habe, und da möchte ich —
Elisabeth (streng). Lili, verlasse uns!
Lili. Ach, Mama! Vielleicht bringt Sir Bulington, — er kommt ja aus Amerika — Nachricht von meinem lieben Vater —
Richard (bewegt). Von ihrem Vater —
Elisabeth (schroff). Geh', Lili! Was dieser Herr mir zu sagen hat, geht Dich sicherlich nichts an.
Lili (bittend). Mama!
Elisabeth (streng). Gehorche!
Lili (sich verbeugend, traurig). Mein Herr! (Bei Seite.) Seltsam, wie strenge Mama heute ist! (Ab in's Haus.)

(Große Pause.)

(Beide stehen bewegungslos und starr da. Elisabeth voll eisiger Kälte, Richard tief bewegt.)

Elisabeth. Nun mein Herr, Sie wünschen —?
Richard (b. S.) O mein Gott! Will sie oder kann sie mich nicht erkennen?
Elisabeth Nun?
Richard Ja wohl! Ich möchte — — ich wollte — Verzeihung — ich — bin verwirrt! — Eine plötzliche Erinnerung hat mich erfaßt — und vergebens suche ich ihrer Herr zu werden. — Ich — ich hatte einen Auftrag an Sie, gnädige Frau! Von einem Freunde, — der mir sehr nahe steht. Er sprach von Ihnen zu mir — in heißer, inniger Liebe — seine Sehnsucht treibt ihn in ihre Arme — allein er weiß nicht — ob Sie ihn aufnehmen wollen, — ob er kommen darf.
Elisabeth. (b. S.) Sei standhaft, mein Herz! — (laut.) Ich verstehe nicht!
Richard. Sie verstehen mich wirklich nicht? Sie sollten wirklich nicht wissen, daß Ihr Richard, Ihr Gatte zu Ihnen spricht?
Elisabeth (kalt). Ich habe keinen Gatten mehr!
Richard. Wie —

Als Manuscript gedruckt.

Elisabeth. Er ist todt für mich!
Richard. Todt — für Sie?
Elisabeth. Ja, mein Herr! — Und ist es dieser, der Sie sendet, so verlassen Sie mich und kehren Sie niemals wieder.
Richard. Wär' es möglich? Sie könnten so hart sein? (überwallend.) Doch nein, nein, weg mit aller Maske! Elisabeth, Elisabeth! Ist es denn möglich — willst Du mich denn nicht erkennen? Kannst Du mich nicht aufnehmen bei Dir, an Deinem Herzen!
Elisabeth. Mein Herr —
Richard. Wie — noch diesen kalten, förmlichen Ton! — Elisabeth! In all der Zeit namenlosen Leides, trotz der Schmach, die ein unglückseliges Mißverständnis über mich gebracht hat, trotz der grausamen Strenge, mit der auch Du mich verurtheilt hast, — habe ich Dein gedacht in alter Liebe und Treue. — Und Du hast nur ein kaltes Wort für mich! Elisabeth!
Elisabeth. Ich verstehe nicht in welchem Tone ich
Richard. Du verstehst mich nicht? Ich sehe Dich vor mir, — mein Weib — zu dem mich mein ganzes Herz zurückgezogen — und Du stößt mich abermals von Dir, kalt und grausam, jetzt wo ich gekommen bin, Dir zu schwören, daß ich schuldlos bin! — Glaubst Du, ich stünde vor Dir, wenn es anders wäre? — O, sei nicht hart gegen mich! — Was bisher geschehen ist, ich will es Dir gerne vergeben — aber — mache es mir nicht allzu schwer! — Aber nun, glaube mir! — Oeffne Deine Arme, damit sie mich aufnehmen damit wieder Friede und Glück einkehre in meinem Herzen! — Elisabeth! Elisabeth! Willst Du mir glauben! (will sie bei Hand fassen.)
Elisabeth. Zurück! Berühre mich nicht!
Richard. Elisabeth! O mein Gott! So spricht mein Weib zu mir? Elisabeth.
Elisabeth. Zurück! Ich bin nicht mehr Dein Weib!
Richard. Elisabeth!
Elisabeth. Ja, hören Sie, bevor Sie mich für immer verlassen. — Ich habe Sie einst geliebt — denn ich

hatte Sie achten gelernt. — Allein ich hatte mich getäuscht. Dem Vater, den Sie mir durch Ihre Schande tödteten, habe ich geschworen, nie wieder des Verurtheilten Hand zu berühren. Diese Hand, Ehrloser

R i c h a r d. Elisabeth!

Elisabeth. Die mir einst Treue schwur, sie hat betrogen, gefälscht — gestohlen. Ich habe mich losgejagt von Ihnen. Alle Bande zwischen uns sind gesetzlich gelöst — gelöst auf ewig — und nie — nie wieder kann eine Gemeinschaft sein zwischen Ihnen und mir! — (Es wird allmählig dunkel.)

R i c h a r d. Elisabeth! Elisabeth! O, es ist zu viel! (Pause — er faßt sich, dann voll Ingrimm.) Nun, wohlan! — So höre auch mich, Weib, das Du stolz und in freventlichem Uebermuthe vor mir stehst. — Ich bin zu Dir gekommen, voll Hoffnung und Zuversicht — ausgerüstet mit allen Beweisen meiner Unschuld! -- Allein ich wollte zuerst an Dein Herz pochen, ob noch ein Funke alter Liebe, alten Vertrauens in Dir wohnt! — Aber ich habe nichts als kalten Stein gefunden. — Nun wohlan! Es wird eine Stunde kommen, wo Du die Qualen eines schuldigen Gewissens fühlen wirst, wo Du wirst glauben müssen, daß ich schuldlos bin. - Aber hier erhebe ich die Hand, die Du so eben von Dir gestoßen und schwöre Dir: Ehe Du nicht allen Stolz von Dir gestreift, ehe Du nicht fußfällig um Verzeihung flehst — so lange gibt es keine Gemeinschaft zwischen mir und Dir!

Elisabeth. Diese Stunde will ich ruhig erwarten. — Doch nun, mein Herr, werden Sie begreifen, daß diese Unterredung zu Ende ist.

Richard. O noch nicht! — Ich kam nicht zu Dir allein. — Ich kam auch (weich) zu meinem Kinde.

Elisabeth (entsetzt). Zu Lili?

Richard. Ja, zu Lili! — Dein Herz konnte sich vor mir verschließen, allein mein Kind verlange ich von Dir!

Elisabeth. Wie —

Richard. Oder glaubst Du, ich werde mich da, wo mir mein heiliges Recht zur Seite steht, von Dir verdrängen lassen?

Elisabeth. Wie — Sie könnten wagen —

Als Manuscript gedruckt.

Richard. Wer darf mich hindern?

Elisabeth. Mein Herr! Treiben Sie mich nicht auf's Aeußerste! Sie berufen sich auf Ihre Rechte? — Sie, der Sie rechtlos sind!? — Wehe Ihnen, wenn Sie sich an mein Kind drängen, sich in Lili's Herz einzuschleichen suchen. — Sie könnten mich dadurch erinnern, daß ich nur den Schutz der Gesetze anzurufen brauche, um mich von Ihnen zu befreien.

Richard. Elisabeth!

Elisabeth (ruhig und kalt). So, mein Herr! Nun wissen Sie, was Sie zu erwarten haben, und nun können Sie handeln, wie es Ihnen beliebt. (ab in's Haus. — Abendroth.)

Richard (verzweifelnd). O mein Gott! — Kann ein Herz so hart und grausam sein! — Zu viel! zu viel! (sinkt in einen Stuhl und weint. Man hört eine Mädchenstimme ein Lied singen: etwa Lassens: „Ich hatt' einmal ein Vaterland.") Mein Kind, mein armes Kind, das Du vielleicht ahnungslos jetzt singst, während das Herz Deines Vaters bricht, Deines Vaters, der ausgestoßen wie ein Fremdling vor der Schwelle des Hauses steht, das die höchsten Schätze seines Lebens birgt. — O, es ist zu hart, was ich erdulde!

Gurten (ist aufgetreten, zu ihm gegangen, und beugt sich über ihn). Armer Freund!

Richard (in wahnsinnigem Schmerze aufspringend). Freund! Gurten! Ich vergehe.

Gurten. Fassung, Freund! und Muth! Bedenke, daß Dir noch ein anderer Kampf bevorsteht — der Kampf um Deine Ehre! —

Richard (hat sich gefaßt). Meine Ehre! Du hast Recht! — Muthig will ich dem Kampfe entgegen gehen — dem Kampfe um meine Ehre — und um die Liebe — meines Kindes.

(Der Vorhang fällt.)

Zweiter Act.

(Zimmer in einem Jagdschloß, reich und elegant. Hinten offen mit Veranda. Aussicht in's Freie. Links und rechts Thüren. Rechts ein Etablissement, links Sopha- und Stehspiegel.

1. Scene.

Richard. Wallof.

(Sitzen bei einem Tische rechts beim Frühstück.)

Richard. Ich habe Ihnen nun Alles mitgetheilt — die lautere Wahrheit. Ich bitte Sie, mir nunmehr zu sagen, was ich von Ihnen zu erwarten habe.

Wallof. Mein werther Sir Bulington! Das Schreiben, welches der Präsident aus Washington an mich gerichtet hat, ist in so ehrenvoller Weise für Sie verfaßt, empfiehlt Sie mir so dringend, daß ich Alles aufbieten werde, Sie als amerikanischen Bürger zu schützen.

Richard. Ich danke Ihnen! Ich erbitte ihren Schutz wenigstens in so weit, als mir darum zu thun ist, meine Angelegenheiten auf freiem Fuße führen zu können.

Wallof. Ich begreife! Nur erwägen Sie Alles sorgsam, ehe Sie mit Ihrer Absicht offen an den Tag treten. — Ihr Gegner hat mächtige Verbindungen, die ihn leicht schützen und Sie gefährden können. Sie müssen Wolten sehr in die Enge treiben, wenn Sie etwas erreichen wollen.

Richard. Mein Freund Gurten hat dieses Gut angekauft, von hier aus kann ich den Kampf ruhig abwarten. Unterliege ich — nun dann, — Ihnen kann ich mich ja anvertrauen — dann bietet mir Amerika immer noch einen Rückhalt, und ich hoffe, man nimmt mich dort immer gerne wieder auf.

Als Manuscript gedruckt.

Wallof. Daran zweifle ich nicht! (steht auf.) Also nochmals! Sein Sie meiner besten Absichten gewiß! Sollten Sie meiner bedürfen, so wissen Sie, wo ich zu finden bin —! (geht.) Noch Eins: Gegen Gewalt schützt Sie mein Haus, das Sternenbanner der Union!

Richard. Ich danke Ihnen!

Wallof. Und nun, auf Wiedersehen! (Nach einer Verbeugung durch die Mitte rechts über die Veranda ab.)

Richard. Von dieser Seite wäre ich sicher! — Und Elisabeth? — Sie wird es nicht wagen! — Mein Kind, meine Lili! — Wie beginne ich es, um zu Dir zu gelangen? — Denn sehen muß ich Dich um jeden Preis! — Ja, ich wage es! Ich sage ihr, wer ich bin, welch' Verhängniß auf mir lastet. — Und sie? — Sie sieht so gut und edel aus, — sie wird mir glauben! Wird sie dies thun? Ist sie nicht ihre Tochter? Kann sie nicht auch ihr hartes Herz besitzen? Doch nein, nein! Aus ihren Augen, aus dem Tone ihrer Stimme sprach solch' warm fühlende Seele zu mir! — Ja, von ihr, da hoffe ich Alles!

2. Scene.

Richard. Gurten.

Gurten (von rechts —). Da bin ich, Freund!

Richard. Nun, Freund! Was bringst Du für Nachrichten?

Gurten. Die besten von der Welt! Ich komme soeben von meinem Freunde, dem Staatsanwalt Lassen. Ich habe ihm die Papiere vorgelegt. Er hat sie geprüft und für hinreichend erklärt, um daraufhin ein neues Verfahren einleiten zu können.

Richard. Und die Beweise?

Gurten (übergibt ihm mehrere einzelne Blätter). Hier hast Du sie!

Richard (durchfliegt sie hastig und sagt dann enttäuscht). Nun? — Was ist das?

Gurten (überlegen, lächelnd). Der Beweis Deiner Unschuld.

Richard. Diese Papiere? Abgerissene Blätter, offenbare Schreibübungen. Hier lauter Striche und Schnörkel, und hier —

Gurten. Sieh nur auf das letzte Blatt!

Richard. Was ist das? Das ist meine Schrift! Mein Namen!

Gurten. Allerdings, Dein gefälschter Name!

Richard. Und hier, der meines ehemaligen Chefs, Thormann, offenbar von mir geschrieben. — Aber wozu? Von wem?

Gurten (ernst). Von Wolten, um Dich zu verderben.

Richard. Aber erkläre mir —

Gurten. Ja, begreifst Du denn noch immer nicht?

Richard. Nein!

Gurten. So höre! Es mögen 6 Wochen her sein, als ein gewisser Bachmann sich bei mir meldete und mir diese Papiere übergab. Er erzählte mir, daß er dieselben vor 15 Jahren durch Zufall bei Wolten gefunden, daß er sie bis heute aufbewahrt und sie mir nun ausliefere, damit ich als Rechtsanwalt einem Unschuldigen zu seinem Rechte verhelfe. Das Motiv seiner Handlungsweise wurde mir bald klar, da er mir mittheilte, daß ihn Wolten, der jedenfalls der Erpressungen seines ehemaligen Helfershelfers müde geworden, aus dem Hause gejagt habe.

Richard. Nun — und —

Gurten. Auch ich suchte zuerst vergeblich diese Papiere zu deuten, als mich Bachmann auf Wolten's und Deine Handschrift aufmerksam machte. — Da fuhr es wie ein Blitzstrahl durch meine Seele! — Dein ganzer unglücklicher Proceß — die constanten Betheuerungen Deiner Unschuld — der Mangel eines jeden Nachweises, wer damals der Firma Libau den Wechsel präsentirt hatte — und jetzt der Verrath Bachmanns, und diese Papiere! — Alles ward mir klar. Wolten hatte damals Deine Schrift auf dem gefälschten Wechsel nachgeahmt und —

Richard. Allmächtiger! Und —

Gurten. Begreifst Du endlich! Diese Papiere sind die Vorübungen Woltens zur Fälschung Deiner Handschrift.

Richard. Und hierauf —

Als Manuscript gedruckt.

Gurten. Läßt sich, wenn auch nicht Alles, so doch sehr viel bauen.

Richard (noch zweifelnd). Also es wäre wahr?! Ich hätte die Beweise meiner Unschuld in der Hand! — die Beweise, daß ich Jahre lang unverdiente Schmach erdulden mußte. — Ich könnte ihn vernichten, den Elenden, der mir dies angethan?

Gurten. Du kannst es! In den nächstfolgenden Tagen verlange ich in Deinem Namen die Wiederaufnahme Deines Processes. — Das, was bis jetzt mit Lassen besprochen wurde, waren nur private Mittheilungen. — Nur eines dürfte Dir peinlich werden, daß man Dich unfehlbar verhaften wird.

Richard. Wie?

Gurten. Lassen theilte mir mit, daß bereits eine Denunciation eingelaufen sei, die Dich als Richard Hartung bezeichnet. Und darum ist es gut, daß Du meinem Rath gefolgt bist und Dich auf dieses Jagdschloß begeben hast, dessen Zusammengehörigkeit mit Sornau wenig bekannt ist.

Richard. Wäre es nicht gut, wenn ich meine amerikanischen Reisedocumente bei mir hätte? Hast Du sie —

Gurten. Sie sind bei Lassen geblieben! Morgen erhältst Du sie wieder.

Richard. Wer aber kann die Denunciation veranlaßt haben? — Doch nicht —

Gurten. An wen denkst du?

Richard. Etwa — Elisabeth? —

Gurten. Oh! — Was fällt Dir ein? So weit vergißt sie sich sicher nicht! Aber wer? Halt! Ich hab's! — Wolten! Er hat dich offenbar erkannt!

Richard. Du meinst?

Gurten. Unfehlbar! Triumph! Wir haben gewonnen! Er verräth Furcht vor Dir. Dies giebt ihm eine Blöße. Ein Feind, der sich fürchtet, ist schon halb besiegt! Jetzt auf zum Kampf! — Ich eile nach Hause, wo ich Bachmann erwarte! Von dort begebe ich mich zu Wolten. Doch halt — wer weiß — (nachdenkend, mit plötzlichem Entschluß.) Sei in 2 Stunden in Sornau, damit ich Dich in der Nähe habe!

Richard. Was hast du vor?

Gurten. Noch weiß ich es nicht genau! Doch könnte es möglich sein, daß du bei Wollten persönlich auftreten müßtest!

Richard. Und Lili! Mein Kind!? Wie soll ich —

Gurten. Lieber Freund! Du mußt nicht Alles auf einmal erreichen wollen. Erst muß vor den Augen der Welt deine Ehre hergestellt sein — bis dahin mußt Du Dich mit Deinen Gefühlen abzufinden suchen.

Richard. Ich soll darauf verzichten, mein Kind zu sehen?

Gurten. Wenn Du dich 15 Jahre gedulden mußtest, so wirst Du es auch noch eine kurze Zeit vermögen.

Richard. Und wird Elisabeth Lili's Seele nicht vergiften mit der Beschuldigung, die auf mir lastet?

Gurten. Sie wird es nicht, wenn Du sie nicht dazu reizest. Sie ist eine strenge, gewaltsame Natur, doch edel und gut! Sie hält das Andenken an den Vater im Bewußtsein ihres Kindes heilig. Also Muth und Geduld!

Richard. Geduld, und immer Geduld!

Gurten. Verlasse Dich auf mich, auf das Glück und auf den Zufall! Stehen die uns bei, so werden wir schon an's Ziel gelangen. Doch nun keine Zeit verloren! Schnell an's Werk! Noch ehe man etwas gegen Dich unternimmt, müssen wir gesiegt haben. Also auf Wiedersehen!

Richard. Warte, ich begleite Dich!

Gurten. Auch das. Komm! (Beide hinten rechts ab.)

3. Scene.

Jakob. Peter (Von links.)

Jakob. So, Peter, tragen Sie das Geschirr nur gleich fort! Der Herr hat es nicht gern, wenn solche Sachen lange herumstehen.

Peter (aufräumend). Der Herr ist wohl sehr strenge?

Jakob. O nein, sehr gut! Aber in Allem genau und ordentlich! — Sie sollten einmal sehen, welche Ordnung bei uns drüben auf unsern Gütern herrscht.

Peter. Sie sind wohl Amerikaner?

Als Manuscript gedruckt.

Jacob. Nein, ein Deutscher! Aber schon 30 Jahre drüben und 6 Jahre im Dienste des Herrn.

Peter. Ist der Herr Amerikaner von Geburt?

Jakob. Ich glaube nicht. Es kommt mir so vor, als müßte er aus dieser Gegend sein, weil er hier gar so genau bekannt ist, und in der Residenz, wo wir uns eine zeitlang aufhielten, überall Bescheid wußte.

Peter. So! (leise.) Das muß ich gleich dem Commissair sagen. Warum auch nicht. Er bezahlt mich ja dafür.

Jakob. So, nun aber machen Sie, daß Sie fortkommen. (sieht im Hintergrund nach rechts hinaus.) Allmächtiger Gott!

Peter. Was ist denn? (eilt zu ihm)

Jakob. Sehen Sie dort! Ein scheues Pferd mit einer Dame.

Peter. Sie hat die Zügel verloren.

Jakob. Das Pferd rennt gerade gegen das niedere Hofthor!

Peter. Alle Wetter!

Jakob. Der Herr ist dem Pferde entgegen gesprungen!

Peter. Hollah! Das war ein Schlag! Er hat das Pferd aufgefangen!

Jakob. Das Fräulein fällt vom Pferde in seine Arme! — Am Ende ist ihr etwas geschehen!

Peter. Nun, der Doctor ist ja dort! Der kann ja helfen.

Jakob. Wie so denn! Der ist ja juris doctor!

Peter. Ach was! Juris oder nicht juris! Doctor ist Doctor!

Jacob. Ach, Sie sind ein Dummkopf! So gehen Sie doch, laufen Sie, helfen Sie doch! — Mir zittern alle Glieder!

Peter. Man kommt hieher, da gehe ich lieber! (bei Seite.) Und schnell zum Commissair! (links ab.)

4. Scene.

Lili. Richard. Gurten. Jakob.

Lili (wird von Richard auf den sie sich stützt, herein zum Sopha geführt.)

Richard (tief bewegt, sich mühsam beherrschend). So, mein Fräulein! — Nur hierher! Stützen Sie sich nur recht fest auf mich! (führt sie zum Sopha.)

Lili. O, ich danke Ihnen! Sie sind zu gütig gegen mich!

Gurten. Sie haben uns einen schönen Schrecken eingejagt!

Richard. Fühlen Sie irgend wo Schmerzen?

Lili. O, nicht im Geringsten! Es war nur der Schreck! Ich fühle mich ganz wohl!

Richard. Nun, dann eine kleine Erfrischung! Jakob — im kleinen Salon! (Jakob links ab.)

Lili. Sie sind zu besorgt, mein Herr! Mir ist nichts passirt. Als Sie mein Pferd mit einem kräftigem Schlage zum Stehen brachten, da glitt ich so sanft aus dem Sattel herunter in Ihre Arme — (scherzend) die mich so liebenswürdig auffingen.

Gurten. Ja, ja! die Arme meines Freundes waren sehr bereit, Sie aufzunehmen und an sein Herz zu drücken. Doch sagen Sie nur, wie es kam, daß Sie so ohne alle Begleitung dahergesprengt kamen.

Lili. O, das war ganz einfach! Wir machten, mehrere Herren und ich, einen Spazierritt. Mama fuhr im Wagen nach, als am Waldessaum plötzlich Commissair Kohlbaum, mit lautem Gruß uns entgegentrat. Mein Pferd bäumte hoch auf, der Commissair wollte es beruhigen, trat rasch auf uns zu, das Pferd scheute zurück und ehe man es verhindern konnte, ging es mit mir auf und davon. Beim Jagen durch die Hecken hatte ich den Hut und endlich auch die Zügel verloren.

Richard. O mein Gott! Welches Unglück hätte Ihnen da begegnen können!

Lili. Nun, es ist ja gut abgelaufen, da ich mich in so liebenswürdigem Schutze befinde. (geht zum Spiegel, sich ihr Haar ordnend.)

Als Manuscript gedruckt.

Gurten (halblaut zu Richard). Nun, mein Freund! Ergreife das Glück, daß sich Dir hier so unerwartet bietet!

Richard. Du meinst — ich sollte —

Gurten. Auf! Erobere das Herz Deines Kindes! (laut.) Verzeihen Sie, daß ich Sie verlasse, Fräulein Lili! Ich gehe und suche Ihre Leute auf, um Ihnen zu sagen, wo Sie sind. — Ich lasse Sie einstweilen bei meinem Freunde! Glauben Sie mir — ich konnte Sie in keinem besseren Schutze wissen. (leise zu Richard.) Sei ohne Sorge! Ich werde Dir Elisabeth so lange ich kann fern halten! (ab rechts hinten.)

5. Scene.

Lili. Richard.

Richard (tief bewegt). Allein mit ihr! — O, welches Glück! — Doch wie soll ich —

Lili. Mein Herr! Ich weiß in der That nicht, wie ich Ihnen für Ihre Hilfe, Ihren Schutz danken soll!

Richard. O mein Fräulein! Ist es denn nicht unsere Pflicht, dem Nächsten in Noth und Gefahr beizuspringen? O, wenn Sie wüßten, wie glücklich ich bin, daß ich gerade Ihnen beistehen durfte.

Lili. Sie sind zu gütig, mein Herr! Sie werden mich gewiß für sehr leichtsinnig halten, weil ich mich in solche Gefahren begab! — Und meine Mutter, wie wird sie jetzt besorgt um mich sein!

Richard. Sie lieben Ihre Mutter wohl sehr?

Lili. Gewiß, mein Herr! Muß ich nicht? Ich bin ihr Alles, ihr einziger Gedanke! Sie ist sonst kalt und streng — gegen mich aber ist sie lieb und gut! — O wie liebe ich meine Mutter!

Richard (forschend). Und Ihren — Vater —

Lili (bewegt und zögernd). Mein Vater —

Richard. Sie stocken — mein Fräulein? — Gewiß wird auch er besorgt sein?

Lili. Mein Vater! — O, ich liebe ihn mehr und heißer, als er ahnen kann — allein — mein Vater — ist nicht bei uns! — Er ist gar fern von mir!

Richard. Fern von Ihnen?
Lili. Ja, mein Herr!
Richard. Und ist er schon lange fort?
Lili. Sehr lange!
Richard. Und weshalb?
Lili. Weil — — ich weiß nicht, ob ich es Ihnen sagen darf! — Allein — ich habe Sie doch erst zweimal gesehen, das erstemal ganz flüchtig — aber, ich weiß nicht, — wie es geschah, — gleich die ersten Worte, die Sie damals zu meiner Mutter sprachen, drangen so eigenthümlich an mein Herz, — daß ich fühle — ich könnte Ihnen Alles vertrauen!
Richard (warm). Gewiß, das können Sie! —
Lili. Wissen Sie, was Sie mir so nahe gebracht hat?
Richard. Nun?
Lili. Sie sagten meiner Mutter, Sie hätten einen Auftrag für sie von einem Freunde! Und da — dachte ich — dieser Freund —
Richard. Nun, dieser Freund —
Lili. Müßte mein Vater sein!
Richard. Ihr Vater?
Lili. Ja! (traurig.) Allein, ich hatte mich getäuscht! Meine Mutter sagte mir, es sei nur etwas Geschäftliches gewesen, das Sie ihr berichtet hätten.
Richard. Das sagte Ihre Mutter?
Lili. Ja! — Nicht wahr? Es ist doch thöricht von mir, daß ich mir einbilde, ein Jeder, der aus Amerika kommt, müßte meinen Vater kennen. Als ob Amerika ein kleiner Ort wäre, wo einer den Andern kennt.
Richard. Und dort lebt Ihr Vater?
Lili. Ja! So weit von mir!
Richard. Getrennt durch ein Meer!
Lili. Durch das große, weite Meer! —
Richard. Warum aber?
Lili. Die Mutter sagt — ich sollte es eigentlich Niemandem verrathen — er sei verbannt — aus politischen Gründen für immer von uns verbannt! Ist das nicht sehr traurig?
Richard (b. S.). Mein Herz, halt stille! (laut.) Und Sie lieben ihn dennoch — Ihren Vater?

Als Manuscript gedruckt.

Lil. Ob ich ihn liebe?! — Ich habe ihn kaum gekannt! Seit meiner Kindheit aber, seitdem ich den Werth des Namens Vater und Mutter zu begreifen begann — seitdem habe ich immer nach ihm gefragt, immer an ihn gedacht! — O, ich liebe ihn den armen Vater, der so unglücklich sein muß.

Richard. Ob er unglücklich sein muß! Ein schönes holdes Kind, wie Sie es sind, zu besitzen, und dieses nicht sehen, nicht in seine Arme schließen zu können.

Lili. Meinen Sie, daß er dieses entbehrt?

Richard (kaum sich beherrschend). Ob er es entbehrt!? — Fräulein Lili! Wenn ich Ihnen sagte — daß Ihre Mutter Sie getäuscht —

Lili. Wie! —

Richard. Jedenfalls nur aus Furcht für Ihren Vater. — Sie will wohl nicht, daß sein Aufenthalt verrathen werde! — Wenn Sie Ihre Ahnung nicht betrogen hätte!

Lili. Was sagen Sie?

Richard. Wenn ich wirklich ein Freund Ihres Vaters wäre. —

Lili. Wie — Sie sein Freund?

Richard. Sein allerbester!

Lili. Wär' es möglich?

Richard. Und wenn er mich gesandt hätte — mit dem Gruße innigster Liebe — an Sie, — was würden Sie sagen?

Lili. Ich — ich? — Wäre das möglich? Aber meine Mutter — weshalb war sie so kalt, so fremd gegen Sie?

Richard. Fühlten Sie das?

Lili. Ob ich es fühlte! (grübelnd.) Ich ahnte gleich, daß Sie von meinem Vater kommen, und meine Mutter hätte es nicht empfunden? Sie hätte es mir, ihrem, seinem Kinde sogar verheimlicht? — O, mein Herr! Sagen Sie mir: täuschen Sie mich nicht? — Wenn dem so ist, wie Sie sagen — weshalb jubelt nicht meine Mutter auf, wenigstens denjenigen empfangen zu können, der ihrem Gatten nahe steht?

Richard. Wenn nun ein unglückseliger Irrthum, ein schweres Verhängniß das Herz Ihrer Mutter belastete?

Lili. Was sagen Sie?

Richard. Wenn sich ihr Herz von ihm abgewendet hätte?

Lili. Nein, nein! Das ist es nicht! Das kann nicht sein! (sehr erregt.) Und doch! — Warum spricht meine Mutter nie eingehender von meinem Vater? Warum beantwortet sie meine Fragen nach ihm nur stets mit kalten, kurzen Worten? Warum folgte sie ihm nicht in die Verbannung, wie es doch ihre Pflicht war? Warum verbietet sie mir mit irgend Jemandem von ihm zu sprechen? — — Ja, ja, — es wäre möglich, was Sie sagen! O, mein Herr, Sie wissen mehr, als Sie sagen wollen! Sie kennen meinen Vater! Sprechen Sie mir von ihm! Helfen Sie mir das Räthsel lösen, das ihn umgibt, und das erst jetzt mit seiner ganzen Schwere auf mich eindringt, und ich will Ihnen danken mein Leben lang! Dann will ich das Herz meiner Mutter bestürmen, daß sie den Irrthum, von dem Sie sprachen aus Ihrer Seele banne, damit sie meinen Vater auf's Neue liebe, so heiß und innig liebe, wie ich es thue!

Richard (sich nicht mehr beherrschend.) O Lili! Mein Kind!

Lili. Wie sagen Sie?

Richard (faßt sich wieder.) O, vergeben Sie meiner Bewegung! Allein, — daß Sie so gut — so edel, — daß Sie so von ihm sprechen — Sie — oh!

Lili. O, mein Gott, was ist Ihnen? Sie haben Thränen in den Augen! — Das ist mehr als bloße Theilnahme! Sprechen Sie! Reden Sie! Was wissen Sie von meinem Vater?

Richard (überwallend.) Was ich von ihm weiß? — Ich weiß, daß er bisher der elendeste aller Menschen war, aber daß er jetzt glücklich, selig ist, ein Kind zu besitzen und zu kennen wie Sie, — wie Du, — so edel, hochherzig und gut, wie Du mein Kind!

Lili. Ah!

Richard. Denn ja, ja, ich bin es — ich bin Dein unglücklicher Vater! —

Lili. O, mein Gott! Wäre es möglich? Sie — Du — Sie wären? —

Richard. Lili! Zweifelst Du?

Lili. Dieses Pochen meiner Pulse, dies laute

Schlagen meines Herzens, das Ihnen — Dir — entgegenschlägt? Nein, nein! Das ist keine Täuschung! Ja, ja, Du bist, bist mein Vater, mein lieber Vater! (fliegt an seinen Hals.)

Richard. Lili! Lili! Mein Kind! (Pause.)

Lili (weich und wehmüthig.) Und meine Mutter — Sie sagten — Du sagtest! — O, erkläre mir!

Richard. Nicht jetzt, mein Kind! Gönne mir die erste selige Freude unseres Beisammenseins! Verbittere sie mir nicht durch die Erinnerung an die Vergangenheit, an ein schweres Verhängniß, das auf uns lastet.

Lili. Und ist dieses nicht zu bannen?

Richard. Nicht so leicht! — Doch nun, mein Kind — meine Lili! — Versprich mir Eines! — Willst du?

Lili. Mein Vater?

Richard. Was Du auch hören magst, was man Dir auch von mir sagen mag — vertraue mir — u n d g l a u b e a n m i c h! — Willst Du, mein Kind?

Lili (sieht in lange an, dann innig.) — Ja, ja, ich will es!

Richard. Ich danke Dir!

Lili. Doch nun, mein Vater! Laß mich zu meiner Mutter eilen!

Richard. Wie, Du willst mich schon verlassen, schon jetzt von mir gehen? Nein, nein, das dulde ich nicht, mein Kind! Du bist zu erschöpft, zu erregt! — Komm! ich bringe Dich nach einem ruhigeren Ort, da sollst Du Dich erholen; — und dann — wenn ich den Freudenbecher des ersten Beisammenseins ausgekostet — dann magst Du zu Deiner Mutter gehen!

Lili. Und darf ich ihr sagen —?

Richard. Ja, mein Kind, sage ihr Alles! Doch denke an Dein Versprechen — und glaube an mich! (Beide links ab.)

6. Scene.
Jakob, Elisabeth, dann **Richard.**

Jacob (geleitet Elisabeth von rechts herein). Ich bitte nur einzutreten, gnädige Frau! Seien Sie außer Sorge, dem Fräulein ist nichts geschehen! Der Herr brachte das Pferd zum Stehen und ohne Unfall kam das Fräulein zu Boden.

Elisabeth. Gott sei Dank!
Jakob. Ich gehe die Herrschaften zu benachrichtigen.
Elisabeth. Und wem gehört dies Schloß? Wie heißt Ihr Herr? Wem habe ich für die Rettung meines Kindes zu danken?
Jakob. Mein Herr — ah, hier kommt er selbst.
Richard (von links, erblickt Elisabeth, bleibt kalt und ruhig stehen).
Elisabeth (entsetzt). Er! — Hartung! —
Jakob. Die Mutter des Fräuleins, welches —
Richard. Geh, laß uns allein!
Jakob (ab).

(Pause.)

Elisabeth (b. S.) Er, der Retter meines Kindes!
Richard (kalt). Nun, Madame —!
Elisabeth. Mein Herr!
Richard. Ein eigenthümliches Geschick — führt Sie nun zu mir, Sie, die Sie mir jede Annäherung versagten!
Elisabeth. Mein Herr, ich weiß in der That nicht, was ich — Doch wo ist mein Kind? Ist es wohl?
Richard. Ganz wohl! Sie können sich selbst überzeugen, hier (nach links deutend.) in jenem Saal —
Elisabeth. Ich danke Ihnen! — Ich ersuche Sie, mir Lili zu senden, damit wir uns entfernen — da ja doch ein Beisammensein nur peinlich für —
Richard. Wie, ich sollte zugeben, daß Lili, mein Kind, so rasch von mir gehe —
Elisabeth (entsetzt). Was sagen Sie? Lili, — Ihr Kind —
Richard (ruhig und innig). Nun ja — Lili, mein Kind!
Elisabeth. Sie sagen das in einem so bestimmten Tone — Sie haben gewagt, ihr —
Richard. Die Wahrheit zu sagen!
Elisabeth. Lili wüßte —
Richard. Daß ich ihr Vater bin!
Elisabeth. Großer Gott! Sie hätten —
Richard. Wundern Sie sich darüber? Ich hätte diesen Wink des Schicksals, das mir mein Kind in die Arme führte, nicht verstehen sollen? Ich hätte meinem Herzen Ge-

Als Manuscript gedruckt.

walt anthun und meinem Kinde nicht zurufen sollen: Ich habe Dich m i r gerettet, ich bin Dein Vater, ruhe aus an diesem Herzen!?

Elisabeth. Und Lili?

Richard. Sie hat meinen Worten geglaubt und mich Vater genannt!

Elisabeth. O, was haben Sie gethan!

Richard. Mich namenlos glücklich gemacht!

Elisabeth. Und ich — ich sollte —

Richard. Still — Lili!

7. Scene.

Elisabeth. Richard. Lili.

Lili (eilt auf Elisabeth zu). O, meine Mutter!

Elisabeth (wendet sich zürnend ab). Lili!

Lili. Du zürnst mir? O vergieb, daß ich mich leichtfertig in Gefahr gebracht! Doch davon kann ja jetzt nicht die Rede sein! (kleine Pause.) Mutter! Sei gut und freundlich! Freue Dich mit mir! Ich habe meinen Vater gefunden! Nicht wahr, er ist's? (ihn liebevoll anblickend.) Mein Vater! Du schweigst? O sei gut! Ich weiß nicht, was zwischen Euch steht, allein, sieh', ich liebe ihn aus vollem kindlichen Herzen, und wenn Du nicht willst, daß ich unglücklich werde, mußt Du ihn wieder lieben!

Elisabeth (sich einem milden Gefühl entreißend). Du weißt nicht, was Du sprichst! Komm, laß uns gehen!

Lili. Wie, ich sollte ihn verlassen — jetzt, bevor Ihr Beide — — O nein, nein! Ihr sollt erst einig werden! Ich lasse mich von dieser Stelle nicht forttreiben! - - Mutter, hier am Herzen meines Vaters ist mein Platz! (will in seine Arme eilen.)

Elisabeth (hält sie zurück). Du wirst mir gehorchen! Komm!

Lili. Mutter —

Elisabeth. Komm, sage ich!

Lili. Aber um Gotteswillen, so sagt mir doch, was Ihr Beide habt! — Ihr schweigt? — Ja, darf ich es denn nicht wissen? Nicht wissen, was mich von meinem Vater fern halten soll?

Elisabeth. Komm, Lili, komm! Wir sind hier an einem Orte, der unser nicht würdig ist —
Richard. Elisabeth! — O glaube ihr nicht —
Lili. Hier bei meinem Vater? Nein, nein, ich lasse ihn nicht —
Elisabeth (in höchster Bewegung). Berühre ihn nicht, er ist Deiner nicht wert —
Lili. Mutter.
Elisabeth. Er ist ein —
Richard (wild aufschreiend, mühsam seinen Schmerz bezwingend; sein ganzes Wesen drückt den furchtbaren Schimpf aus, der ihm widerfahren). Weib! — Weib! (kleine Pause.) O, daß Du Dich nicht scheust, das heiligste Gefühl eines Kindes zu verletzen — die Achtung vor seinem Vater! Oh! — Genug! Zu Dir spreche ich nicht mehr! (kleine Pause; weich und milde, nach Worten suchend.) Lili! Mein Kind! Stehe nicht da leblos und kalt, erstarrt von den Worten, die von jenen Lippen kamen! Höre mich und glaube mir! Ein unseliges Verhängniß — die niederträchtigste Bosheit eines elenden Menschen, der seine Schuld auf mich wälzte, hat mich zum Verbrecher gebrandmarkt!
Elisabeth (deren Wesen die Einsicht über ihre Uebereilung ausdrückt). Was sagt er —
Lili. Zum Verbrecher.
Richard. Alles hat mich verurtheilt, auf den Schein hin, der gegen mich sprach — Alles, das Gesetz, die Menschen und auch sie — die Du Mutter nennst! — Allein ich schwöre Dir bei Allem, was mir heilig ist, bei der Keuschheit Deiner reinen Seele, bei der Wonne der Stunde, in der ich Dich gefunden, bei der Seligkeit, die Du mir bereitetest, als Du zum erstenmale an meiner Brust ruhtest, bei allem Jammer und Schmerz, die ich Jahrelang erlitten, bei aller Noth und allem Elend, das ich getragen — ich bin schuldlos! Ich bin zurückgekehrt, um meinen Namen vor der Welt zu reinigen. — Allein was liegt mir an der Welt! Du — Du, mein Kind bist meine ganze Welt, Du mußt mich frei sprechen, an allem Andern ist mir nichts gelegen. — Und wenn Dein ganzes holdes Wesen, die Anmuth Deiner Gestalt nicht nur der äußere Schein einer harten Seele sein soll, wenn Du mich auf's Neue hinausstoßen

Als Manuscript gedruckt.

willst, hinausstoßen in die Arme des Wahnsinns, so sprich es aus, daß Du mich schuldig hältst!

Lili (überwallend). Nein, nein! Ich vermag es nicht! Diese Stimme, dieser Ton kann nicht täuschen! — Vater, nimm mich auf in Deine Arme! Du bist frei von aller Schuld! Vater, ich glaube Dir!

Elisabeth. Lili! (b. S.) Was thu' ich?

Richard. Kind, mein Kind! (kleine Pause.) Glücklich! Selig! (er umarmt sie. Pause. Zu Elisabeth.) Ihnen möge Gott vergeben!

8. Scene.

Vorige. **Jakob** dann **Albert**.

Jakob (rechts von hinten). Verzeihung, Sir! Herr Wolten bittet um die Ehre, seine Aufwartung machen zu dürfen.

Richard (fast entsetzt). Wer sagst Du?

Jakob. Herr Wolten!

Richard. Er wagt es noch! (fürchterlich erregt). Geh, geh, mein Kind! Was ich mit diesem Herrn abzumachen habe, duldet Deine Gegenwart nicht. Geh!

Jakob (ab).

Lili. Aber Vater, Albert wird kommen —

Richard (ohne auf sie zu hören). Geh, geh, ich bitte Dich! (sie links abdrängend. Zu Elisabeth) Sie bleiben!

Elisabeth (b. S) Was soll das?

Albert (tritt mit Verbeugung auf). Mein Herr!

Richard (enttäuscht). Wie, mein Herr — Sie sind —

Albert. Mein Name ist Albert Wolten!

Richard. Albert Wolten? — Und Franz Wolten?

Albert. Ist mein Vater!

Richard (höhnisch lachend). So, Ihr Vater! (Kalt) Und was führt Sie zu mir?

Albert. Verzeihung, mein Herr, daß ich Sie belästige, allein Fräulein Lili Hartung ist ein Unglück zugestoßen, und ich hörte, daß man sie hierhergebracht. — Meine Besorgniß —

Richard. Hier steht Frau Hartung, befragen Sie diese. (Tritt in den Hintergrund.)

Albert (erst jetzt Elisabeth bemerkend). Ah, gnädige Frau! Fräulein Lili befindet sich doch wohl?
Elisabeth (dumpf). Wohl!
Albert. Verzeihen Sie, daß ich den Unfall nicht verhüten konnte. Aber auch mein Pferd strauchelte, nur mit Mühe brachte ich es auf die Beine und eilte hierher. O, wenn Sie ahnten, welche Angst mich um Lili verzehrt hat —
Elisabeth (befremdet). Um — Lili?
Albert. Ja, gnädige Frau! Verzeihen Sie, wenn die Furcht, der Schrecken mir so plötzlich und hier ein Geständniß entreißen, das ich schon lange in meiner Brust verborgen trage. Ja, ich liebe Fräulein Lili und bitte um die Erlaubniß mich ferner um deren Gunst bewerben zu dürfen.
Elisabeth. Wie, Herr Wolten, Sie —
Richard (der im Hintergrunde Alles gehört und beobachtet, lacht höhnisch auf). Hahaha! In der That ein seltener Brautwerber!
Albert. Mein Herr! — Ah, Pardon, gnädige Frau, ich vergaß —
Richard (höhnisch). Sie? Sie — wollen Fräulein Lili heirathen?
Albert. Mein Herr! Mit welchem Rechte —
Richard. Ah, Sie fragen wohl, mit welchem Rechte ich mich in diese zarte Angelegenheit der Familie Hartung mische? Nun, ich will es Ihnen sagen!
Elisabeth (b. S.) Was hat er vor?
Richard. Weil Sie nie der Gatte von Fräulein Lili Hartung werden können.
Albert. Wie, mein Herr!
Elisabeth. Was sagt er?
Richard. Sie bitten die Mutter von Fräulein Lili Hartung um deren Hand, doch haben Sie jemals auch nach dem Vater —
Elisabeth (entsetzt). Er wird doch nicht —
Richard (fortfahrend). Von Fräulein Hartung gefragt?
Albert. Wie?
Richard. Nun denn, ich will Ihnen sagen, was und wer er ist! Der Vater von Fräulein Hartung ist ein Verbrecher.

Als Manuscript gedruckt.

Elisabeth. Was thun Sie?
Albert. Wie?
Richard (fortfahrend). Ein Dieb, ein zu fünfzehn Jahren Zuchthaus Verurtheilter!
Albert. Was sagen Sie?
Richard. Die Wahrheit! — Nun, mein Herr! Sind Sie noch Willens, Fräulein Lili zu ehelichen?
Albert (sich mühsam fassend) Gnädige Frau, ich begreife nicht! Sie schweigen und dieser Herr wagt es —
Richard (höhnisch. O, Sie glauben, Frau Hartung werde mich Lügen strafen! O nein, mein Herr, das wird sie nicht! Ich will Ihnen aber auch sagen, was jener Hartung gethan hat. (kleine Pause.) Er war ein armer Teufel, ein einfacher Commis. Ein bischen Genie, das er besaß, arbeitete ihn immer höher hinauf, und bald war er Procurist bei der Firma Thormann. — Der arme Teufel liebte ein Mädchen, schön und stolz von adeliger Geburt. Und ein Wunder geschah, das stolze Mädchen liebte ihn wieder, verließ ihren Vater, der diese Liebe nicht billigte und wurde Hartungs Weib. Sie gebar ihm ein Kind — Lili! Sie lebten glücklich wie im Paradiese. (kleine Pause.) Da, eines Tages wird Hartung beschuldigt, einen Wechsel gefälscht zu haben, er leugnet — gleichviel, er wird verhaftet! — Man untersucht seine Cassa, es fehlen 30000 Thaler. Er wird angeklagt und verurtheilt. — Doch wissen Sie, wie das Alles geschah? (von hier ab bis zur höchsten Wuth und Verachtung steigernd.) Ein Elender, der selbst den Wechsel gefälscht hatte, hatte Hartungs Schrift nachgeahmt und so die Schuld auf ihn gewälzt.
Elisabeth. Was sagt er?
Richard. Derselbe Elende hat offenbar auch den Diebstahl begangen, der nun auf Hartung lastete. — Und dieser Elende, für den der arme Hartung 15 Jahre lang hätte in Ketten dulden sollen, — denen er entfloh — dieser Schurke und Dieb, der den unglücklichen Hartung von Vaterland, Heimath und Familie getrennt, ihn der Verzweiflung Preis gegeben — dieser elende Schuft ist — Ihr Vater!
Albert (aufschreiend). Ah!
Elisabeth. Wär's möglich!
Albert. Allmächtiger Gott! Herr! Herr!

Richard (nach einer Pause, kalt und höhnisch). Nun, mein Herr! Wollen Sie noch Fräulein Lili zur Gattin haben?

Albert (wie aus einer Erstarrung erwachend). Herr! Sie haben es gewagt, meinen Vater zu beschimpfen! Sie werden mir Genugthuung geben.

Richard. Ich? Ihnen? (höhnisch auflachend). Hahaha! Ein Zuchthäusler dem feinen Dandy Albert Wolten? — Nein, mein Herr! Ich gebe Ihnen keine Genugthuung, ich werde nur beweisen, was ich sprach, denn ich selbst bin Richard Hartung, bin Lili's Vater!

Albert. Ach — —! (im tiefsten Schmerz). Großer Gott!

Richard. Und nun, mein Herr, frage ich Sie noch einmal: Wollen Sie noch Fräulein Lili Hartung heirathen?

Albert (im namenlosen Widerstreit der Gefühle). Gnädige Frau! Sie sehen mich sprachlos vor Entsetzen und fürchterlichem Schmerz! (kleine Pause.) Hier steht ein Mann, den ich zum zweitenmale in meinem Leben sehe, der sich für Ihren Gatten ausgibt und sich einen Verbrecher nennt — und Sie schweigen! — Er wagt es zu sagen, daß mein Vater, der für mich das Heiligste vertritt, das ich auf der Welt besitze, ein Schurke sei, und ich darf ihn in ihrer Gegenwart nicht züchtigen — denn Sie schweigen! — Reden Sie, um Alles in der Welt! Ist dieser Mann Lili's Vater?!

Elisabeth (tonlos). Er ist's!

Albert (vernichtet). O mein Gott! Sie sind der Vater Lili's, des Mädchens, das ich liebe, und beschimpfen meinen Vater! Sie nennen sich einen Verbrecher und beschuldigen — meinen Vater! (kleine Pause.) Sind Sie schuldig, so können Sie mir ebenso wenig Lili's Hand versagen, — über die Sie dann kein Recht haben, als Sie nicht im Stande sind, mir Genugthuung zu geben. — Und sind Sie unschuldig, muß ich nicht um Lili's Willen auf jede Rache verzichten? Ich weiß nicht, sind Sie schuldig — sind Sie es nicht! — O meine Gedanken drehen sich im Kreise um einen Punkt, den ich nicht zu berühren wage! — O sagen Sie mir, gnädige Frau, noch einmal, daß ich es fasse: Dieser Mann ist Hartung, Ihr Gatte?

Elisabeth. Er ist's!

Albert. Und ist er schuldig? (kleine Pause.)

Als Manuscript gedruckt.

Elisabeth (unsicher). Das Gesetz hat ihn verurtheilt.
Albert. Und Ihr Herz?
Elisabeth. (keine Pause.) Mein Herz —
Albert. Sie zögern? Sie schweigen! — Sie rufen nicht laut aus, daß er schuldlos sei? O, dann ist er es auch nicht, und hat es gewagt, meinen Vater —! (geht drohend auf ihn zu) Herr!

9. Scene.

Vorige. **Lili.**

Lili (stürzt dazwischen). Großer Gott, was geht hier vor?
Albert } Lili!
Elisabeth }
Richard. Mein Kind!
Albert. O, Lili!
Lili. Vater! was soll das?
Albert. Lili! Sie, Lili, nennen ihn Vater?
Lili. Ja, Herr Wolten, freuen Sie sich mit mir, ich habe meinen Vater gefunden.
Albert. Und wissen Sie, wessen man ihn beschuldigt?
Lili. Ich weiß nur Eines, daß er rein von aller Schuld ist, und daß ich an ihm gut machen will, was die bösen Menschen an ihm verbrochen haben.
Albert. Lili? Sie glauben ihm?
Lili. Alles?
Albert. Alles? Auch daß er schuldlos sei?
Lili. Ja!
Richard. Mein Kind!
Elisabeth (b. S.) Sie glaubt ihm, und ich —
Albert (dumpf). Dieser reine Engel kann sich nicht täuschen! (ernst und würdevoll.) Nun wohl! Auch ich glaube an Sie, Herr Hartung! Doch an die Schuld meines Vaters zu glauben, das vermag ich nicht.
Lili. Was sagen Sie? Ihres Vaters?
Albert. O, (verzweifelnd.) Sie hatten Recht, mein Herr, nie kann ich der Gatte Lili's werden.

Lili (erschauernd). Seine Gattin!
Albert. Lili! Leben Sie wohl! Wir sind getrennt auf ewig!

10. Scene.

Vorige. **Jakob** dann **Kohlbaum**.

Jakob. Sir —
Richard. Was giebt's?
Jakob. Sir, ein Herr ist draußen, der Sie in einer höchst wichtigen Angelegenheit sprechen will. —
Richard. Sage ihm — ich kann nicht —
Jakob. Er beauftragt mich, falls Sie ihn nicht annehmen wollten, Ihnen zu sagen, daß er der Commissair der Polizei, und daß es höchst wichtig sei.
Richard (b. S.) Der Polizei-Commissair! Man wird doch nicht — (laut.) Laß ihn ein!
(Jakob ab.)
{ Lili. Vater! Vater! Dir droht Gefahr!
{ Elisabeth. Was geht da vor!
Richard. Ruhig, mein Kind. Es wird mir nichts geschehen.
Kohlbaum (im Auftreten, b. S.) Verwünscht — nicht allein! — (laut.) Verzeihung, mein Herr, daß ich Sie störe. Allein, ich komme in einer so wichtigen Angelegenheit, daß ich — (sieht auf die Andern und schweigt.)
Richard. O bitte, theilen Sie mir mit, was Sie zu mir führt!
Kohlbaum. Nun denn, mein Herr! Verzeihen Sie, — ich bin genöthigt, von Amtswegen Sie um Ihre Legitimationspapiere zu bitten.
Alle. Wie — Was —?
Kohlbaum. Es ist eine Beschuldigung gegen Sie ausgesprochen worden, die mich zwingt, amtlich einzuschreiten.
Richard. Und diese lautet?
Kohlbaum. Verzeihen Sie, daß es Sie peinlich berühren muß, gnädige Frau, allein ich bin gezwungen es auszusprechen, daß man diesen Herren beschuldigt, einen falschen Namen zu führen, und daß er ein entflohener Sträfling — Namens Hartung sein soll.

Als Manuscript gedruckt.

Elisabeth. Großer Gott!

Kohlbaum. Nun, mein Herr, sind Sie im Stande, dies zu widerlegen? Und Sie, gnädige Frau — was sagen Sie zu der Beschuldigung, die Ihre Anwesenheit auffallend bestätigt?

Elisabeth (zögernd). Ein Unfall — meiner Tochter führte mich —

Kohlbaum. Ich hörte davon. — Bitte, gnädige Frau, mir zu sagen: Ist dieser Herr Ihr Gatte?

Lili (leise). Mutter, rette ihn!

Elisabeth. Was soll ich —

Lili. Hast Du ihn früher verleugnet, so thu es auch jetzt.

Kohlbaum. Nun, gnädige Frau, ist dieser Herr ist Gatte?

Elisabeth (nach kurzem Zögern). Nein — er ist es nicht.

Kohlbaum (zu Richard). Ich bitte um Ihre Papiere!

Richard. Ich habe diese nicht bei mir. Morgen —

Kohlbaum. Dann bedauere ich! Im Namen —

Albert. Halt, mein Herr! das ist ein Irrthum! Sie dürfen diesen Herrn nicht verhaften.

Kohlbaum. Ich bedaure. In Folge mangelnder Legitimation kann ich nicht abstehen. — Es wäre denn, daß ein sicherer Bürge

Albert (nach kurzem Kampfe.) Nun denn — ich bürge für diesen Herrn —

Alle. Ah! —

Kohlbaum. Wie, Sie? — Sie wissen, daß dieser Herr nicht Richard Hartung ist?

Albert (mit einem Blick auf Lili.) Ich weiß — daß er — unschuldig ist — ich bürge für ihn!

Lili (dankerfüllt.) Albert. Edles Herz!

Kohlbaum. Nun denn, dann bitte ich um Entschuldigung. Morgen aber erwarte ich ihre Papiere. (Mit Verbeugung ab.)

Lili. Gelobt sei Gott!

Richard. Mein Herr! — Ich weiß nicht, wie ich Ihnen —

Albert. Danken Sie mir nicht! Ich that nur meine Pflicht! Leben Sie wohl, Lili!
Lili (will ihm die Hand reichend.) Albert!
Albert. Ich kann Ihre Hand nicht berühren, Lili, weiß ich doch nicht — ob ich dessen würdig bin. Allein ich sehe warmen Dank in Ihren Augen schimmern — und das thut mir wohl, trotz all der Qualen und Zweifel, die mir die Brust durchtoben. — Leben Sie wohl, Lili! — Und jetzt zu meinem Vater!
Lili. Albert!
Albert (stürzt ab.)
{ Lili. Albert! — Vater, lieber Vater! (fällt schluchzend in seine Arme.)
{ Richard. Armes Kind!
{ Elisabeth. O, daß ich noch zweifeln könnte!

(Der Vorhang fällt.)

Als Manuscript gedruckt.

Dritter Act.

(Ein Comptoirzimmer, reich und stylvoll ausgestattet. In der Mitte ein großer Arbeitstisch, darüber eine Hängelampe. Links ein Sekretair. An der Wand Karten 2c. Eingang rechts.)

1. Scene.

Wolten, Kohlbaum (sitzen beim Tische).

Kohlbaum. Wie ich Ihnen gesagt, Herr Wolten! Ihr eigener Sohn war es, der für ihn Bürgschaft leistete. Und da Sie mich baten, so wenig Aufsehen als möglich zu machen, so mußte ich von der Verhaftung abstehen, um so mehr, als es mir in Gegenwart der Damen peinlich war —

Wolten. Der Damen?

Kohlbaum. Nun ja — Frau Hartung und Fräulein Lili befanden sich bei ihm.

Wolten. Bei ihm?

Kohlbaum. Doch jetzt, was soll ich thun? Ich habe sofort an den Staatsanwalt telegraphiert, jedoch noch keine Antwort erhalten. Am Ende habe ich gar eine Thorheit begangen. Die amerikanische Gesandtschaft nimmt es mit dem Schutze ihrer Angehörigen sehr genau.

Wolten. Nun, nun! Beruhigen Sie sich! Unannehmlichkeiten können Ihnen daraus nicht erwachsen. — Mein Gott, — wir wurden eben durch eine Aehnlichkeit getäuscht, — das heißt, — wenn wir getäuscht wurden. — Entkommt Ihnen der Schuldige, — so liegt es nicht an Ihnen, der Sie ja vor der Zeit recherchirt haben.

Kohlbaum. Meinen Sie?

Wolten. Warum gibt der Staatsanwalt nicht sofort Instructionen, da er doch unterrichtet ist. — Wie gesagt — ihn trifft alle Schuld.

Kohlbaum. Sie haben Recht! Ich habe gethan, was ich mußte und konnte, ich bin nach beiden Seiten hin geschützt. (steht auf.) Doch nun gestatten Sie, daß ich mich entferne. Meine Geschäfte —

Wolten. O — sans gêne! Nochmals — seien Sie ganz ruhig! (mit erzwungenem Lachen.) Im schlimmsten Falle schieben Sie Alles auf mich!

Kolhbaum (mit Verbeugung ab).

2. Scene.

Wolten (allein).

Wolten (sehr erregt). Teufel! Die Sache gibt mir zu denken! Mit Mühe nur konnte ich meine Ruhe bewahren! — Elisabeth und Lili bei ihm! Und warum? Sie weilt auch nur eine Sekunde unter seinem Dache? Kein Zweifel, Er muß sie von seiner Unschuld überzeugt haben. — Wolten, nimm Dich in Acht! — Doch kann man mir etwas anhaben? Worauf könnte er einen Plan gegen mich stützen? Hat er Beweise? — Doch halt! — Bachmann! — Könnte dieser nicht? Doch nein, nein! Er wird sich hüten! Ich habe ihn in meiner Hand. Verräth er mich, so wär' es auch um ihn geschehen! — Wer kommt?

3. Scene.

Wolten, Joseph, dann Bachmann.

Joseph. Herr Bachmann fragt, ob Sie ihn sprechen wollten?

Wolten. Bachmann?

Joseph. Ich sagte ihm, daß ich den Auftrag habe, ihn nicht vorzulassen, allein er besteht darauf!

Wolten (b. S.) Bachmann. — Und gerade jetzt! Was kann er wollen?

Joseph. Er war bereits gestern da und ließ sich nicht abweisen. — Da Sie abwesend waren, wartete er über eine halbe Stunde hier im Bureau.

Wolten. Hier? Wie konntest Du ihn hier allein lassen?

Als Manuscript gedruckt.

Joseph. Oh, ich blieb bei ihm! Nur einen Augen=
blick wurde ich abgerufen. Als ich zurück kam, war er schon
fort. Er sagte mir soeben, er habe nicht länger warten kön=
nen, und darum —
  Wolten. Laß ihn ein! (Joseph ab.) Sollte er die Ge=
fahr ahnen, die mir zu drohen scheint?
  Bachmann (ein zuversichtliches, fast freches Wesen zur Schau
tragend). Guten Morgen, mein hochverehrter Herr Wolten!
  Wolten. Was wollen Sie hier? Sie wissen, daß ich
Ihnen verboten habe, jemals vor mir zu erscheinen. Was
wollen Sie wieder bei mir?
  Bachmann. Geld! Ich brauche Geld!
  Wolten. Sie wissen, daß ich Ihnen keines mehr
gebe. Ich habe lange genug unter ihren zudringlichen und
unverschämten Forderungen gelitten!
  Bachmann. Ich — zudringlich und unverschämt?
War es nicht mehr als billig, daß Sie damals dafür, daß
ich den gefälschten Wechsel an Mann brachte, mit mir
den Erlös desselben theilten. Mußte ich Ihnen nicht einen
Schein unterfertigen, der mich zu Ihrem Mitschuldigen
stempelte und Ihnen mein Schweigen sicherte? Und als ich
mein Geld verspeculirt hatte und nach Jahren zurückkam,
war es nicht wiederum mehr als billig, daß ich mir von
meinem ehemaligen Collegen Wolten, der mehr Glück als ich
hatte, und einstweilen Millionär geworden war, für gewisse
Papiere, die ihn als Fälscher bloßstellen konnten, 20,000
Mark bezahlen ließ? Habe ich jene compromittirenden Blätter
nicht für diese Summe vor Ihren Augen verbrennen müssen?
Und Sie nennen mich, edlen Menschen, unverschämt und
zudringlich?
  Wolten. Wollen Sie jetzt nicht wieder von mir
Geld erpressen? Von mir, der ich schon so viel für Sie
gethan habe?
  Bachmann. Was kann ich dafür, daß ich mein
Geld verspielt habe? Ich sitze in der Klemme, und Sie müssen
mir wieder auf die Beine helfen.
  Wolten. Ich muß? Lächerlich!
  Bachmann. Sie müssen und Sie werden.
  Wolten. Ich werde nicht.
  Bachmann. Nicht? — Stellen Sie sich doch nicht

so an. Sie wissen doch besser als ich, daß Sie es sich jetzt nicht mit mir verderben dürfen.

Wolten. Was soll das?

Bachmann. Sollten Sie nicht wissen, daß Hartung zurück ist?

Wolten (erschrickt, faßt sich jedoch sogleich. B. S.) Er weiß! (Laut.) Was Sie sagen! — In der That, sehr fein ersonnen!

Bachmann. O, verstellen Sie sich nicht, mein werther Herr Wolten! Als ob ich nicht wüßte, daß Sie ihn gesehen haben! Also nur keine Verstellung! Ihr bleiches Gesicht straft Sie Lügen!

Wolten. Und wenn er zurück wäre? Was weiter?

Bachmann. Was weiter? Sie fürchten nichts?

Wolten. Was hätte ich zu fürchten?

Bachmann. Daß er gegen Sie auftritt, und daß ich plaudere.

Wolten. Sie wollten —

Bachmann. Ich könnte Sie an's Messer bringen.

Wolten. Thun Sie es, wenn Sie können! Nur vergessen Sie nicht Ihren Schein.

Bachmann (bedeutsam.) O, ich habe ihn nicht vergessen. — Es war ja auch nur Scherz, daß ich plaudern würde. — Aber Ihre Sorglosigkeit macht mir bange. — Und so will ich lieber fort, übers Meer. Aber ich brauche Geld! Geben Sie mir 20.000 Mark.

Wolten. Sie sind toll!

Bachmann. Geben Sie mir 20.000 Mark.

Wolten. Nicht einen Pfennig!

Bachmann. Ich will dann auch nie wieder zu Ihnen kommen.

Wolten. Adieu!

Bachmann. Also Sie geben mir nichts?

Wolten. Nein!.

Bachmann (drohend. Wolten!

Wolten. Was soll das? Drohungen! Soll ich Sie aus meinem Hause werfen lassen?

Bachmann. Gut! — Behalten Sie Ihr Geld. Aber nehmen die sich in Acht! — Ihr Schein — hahaha. — ist ein Wisch — ein Blatt Papier, das der Wind

Als Manuscript gedruckt.

verweht. — Halten Sie ihn und mich nur fest in Ihren Krallen, — wir werden Ihnen doch entkommen! Heben Sie ihn ja gut auf, den Schein — hahaha — er muß Sie ja schützen! — Aber hüten Sie sich, mein lieber Franz Wolten, hüten Sie sich vor meiner Rache! (Rasch ab.)

Wolten. Was war das? Er wagt es mir zu drohen! So zuversichtlich spricht er? Sollte er — (ruft ihm nach.) Bachmann! Bachmann! Er ist fort! Wird er etwas wagen? — Nein, nein, nein! Ich befinde mich in einer widerlichen Stimmung und sehe überall Gefahr! — Ob ich ihm nicht das Geld sende! Vielleich ist es doch klüger — als —. Ich will es mir überlegen! Aber seinen Schein will ich sorgsam bewahren und hier aus diesem Schranke entfernen. Er weiß, daß ich ihn hier in dem geheimen Fache verwahre — er könnte leicht — ihm ist alles zuzutrauen; — selbst das geheime Schloß ist vor ihm nicht sicher. — Ja, ja, an's Werk! (Geht zum Schrank links und will ihn von der Wand rücken, erschrickt plötzlich, eilt scheu zur Thür und verschließt dieselbe.) Man darf mich nicht überraschen — schnell — geschwind! (Wie er an dem Kasten rücken will, versucht Jemand die Thür zu öffnen, er fährt entsetzt zurück.) Wer ist da?

Joseph (von außen.) Ich gnädiger Herr!

Wolten. Was giebt's?

Joseph. Herr Dr. Gurten wünscht vorgelassen zu werden.

Wolten. Gurten? — Gerade jetzt, wie störend! Schon gut! Gleich! Gleich! (Eilt zur Thür, nachdem er sich sorgsam umgesehen, ob der Schrank noch an seinem Platze ist.) Gurten! Ja, ich will ihn fragen. Er kannte Hartung damals nicht, ich wüßte wenigstens nicht, daß er ihn jemals gekannt hätte — er soll mir rathen! Oeffnet die Thüre.) Ich lasse bitten!

4J Scene.

Wolten, Gurten.

Gurten (sehr reservirt). Herr Wolten!

Wolten. Ach lieber Herr Doctor! Gut, daß Sie kommen. Sie können mir einen großen Dienst erweisen.

Gurten. Ich, — Ihnen?

Wolten. Ich benöthige Ihren Rath in einer Sache, — sehen Sie — (sehr befangen, unruhig.) ich befinde mich in einer peinlichen Situation — aus der Sie mich befreien können. Ich möchte eine Angelegenheit mit Ihnen besprechen, die mir sehr am Herzen liegt.

Gurten. In der That? Wir begegnen uns in einem Wunsche. Auch ich habe mit Ihnen etwas höchst Wichtiges zu verhandeln.

Wolten. Wirklich? O bitte, sprechen Sie!

Gurten. O nein, nein! Erst Sie, dann kommt die Reihe an mich. Was ich Ihnen zu sagen habe, erfahren Sie noch früh genug.

Wolten. Nun denn, — doch bitte, nehmen Sie Platz! (Beide setzen sich an den Tisch.) — Doch wie soll ich anfangen?

Gurten (b. S.) Was hat er nur?

Wolten. Die Sache ist nämlich die. Ich hatte — vor Jahren — einen Freund, — den ich wie meinen Bruder liebte, — und der vor 15 Jahren in eine unangenehme Geschichte verwickelt wurde.

Gurten (wird aufmerksam.) So!

Wolten. Sehen Sie — jugendlicher Leichtsinn — schlechte Gesellschaft — kurz — er wurde verleitet — einen Wechsel zu fälschen — und eine kleine Summe zu entwenden.

Gurten. Was Sie sagen!

Wolten. Es ist mir peinlich, Ihnen dies mitzutheilen, es war doch immerhin mein Freund.

Gurten. So — Ihr Freund!

Wolten. Ja, mein allerbester Freund! Ein glücklicher Zufall hat ihn damals vor der Entdeckung bewahrt. — Ich hatte die Sache erfahren und meine Liebe zu meinem Freunde bewog mich, Alles so zu arrangiren, daß er entkommen konnte.

Gurten. So! — Das Alles hatten Sie arrangirt?

Wolten. Ja! Die Beweise seiner Schuld waren vernichtet, der einzige Zeuge seines Vergehens war zum Schweigen gebracht worden — ihn selbst hatte ich nach Amerika spedirt — kurz, die Sache war todt!

Gurten. Nun — und? (bei S.) Was will er nur?

Als Manuscript gedruckt.

Wolten. Da — plötzlich — begeht mein Freund die Unvorsichtigkeit, aus Amerika zurückzukehren.
Gurten. Was Sie sagen!
Wolten. Ich bin darüber außer mir! — Mir bangt für ihn. Ich fürchte, man könnte sich seiner bemächtigen, kurz — nicht wahr, lieber Doctor, ich habe doch Recht zu hoffen, daß ein solches Vergehen nach einer gewissen Zeit verjährt?
Gurten. Verjährt? hm — Doch sagen Sie mir, wie war es möglich, daß Ihr Freund damals so leichten Kaufes davon kam?
Wolten. Durch Zufall! — Der Verdacht fiel auf einen armen Teufel und dieser wurde für ihn verurtheilt.
Gurten. Verurtheilt?
Wolten. Ja, nur zu einigen Jahren!
Gurten. Und das wußten Sie? (aufstehend, ernst.) Wissen Sie, mein Herr, daß dies ein Schurkenstreich war —
Wolten. Herr Doctor!
Gurten. Von Ihrem Freunde! Also der arme Teufel wurde unschuldig verurtheilt?
Wolten. Unschuldig? Wer sagt das? Er wird wohl auch seinen Theil Schuld gehabt haben.
Gurten (heftig). Das lügen Sie, Franz Wolten!
Wolten aufspringend). Herr Doctor — Sie unter= fangen sich —
Gurten. Die Wahrheit zu sagen! Hören Sie! Ein (spöttisch) eigenthümlicher Zufall führt mich in derselben An= gelegenheit zu Ihnen.
Wolten. Wie?
Gurten. So erfahren Sie, daß jener arme Teufel zu mir gekommen ist und mir Beweise erbracht hat, aus denen nicht nur seine Unschuld, sondern auch die Schuld — Ihres Freundes hervorgeht.
Wolten. Was sagen Sie? Beweise?
Gurten. Er bat mich, die Sache vor den Gerichten zu vertreten, und ich habe es ihm zugesagt, weil ich von seiner Unschuld überzeugt bin.
Wolten (sich mühselig fassend.) Aber liebster Doctor! Sie werden doch um eines Menschen willen, der Ihnen fremd ist — Unfehlbar würde dabei auch mein Name genannt werden —

Gurten. Unfehlbar!

Wolten. Und ich bin daher gerne bereit, falls die Sache niedergeschlagen wird — jenem armen Teufel — eine Summe zu bezahlen — so groß Sie wollen!

Gurten. Bezahlen? Glauben Sie, daß sich 15 Jahre eines elenden Daseins bezahlen lassen?

Wolten (verzweifelnd.) Was soll ich aber thun?

Gurten (b. S.) Jetzt muß Richard in's Feuer! (Laut.) Doch ich habe hier nicht zu entscheiden! Ich bin nur der Anwalt und muß Ihren Antrag meinem Clienten vorlegen. In einer halben Stunde will ich Ihnen die Antwort bringen. — Nur ersuche ich Sie — Ihrem Freunde — zu sagen, er möge nicht etwa an einen Fluchtversuch denken. Dies könnte uns veranlassen, jedes gütliche Abkommen auszuschlagen und sofort gerichtlich einschreiten zu lassen. — Also in einer halbe Stunde! (Ab.)

Wolten (allein.) Verloren! Alles verloren! Kein Zweifel, er weiß Alles! Es ist Hartung, für den er auftritt! — Beweise — sagt er, besitzt er diese? Sollte Bachmann geschwatzt haben? Doch nein, nein! Er war doch eben hier, würde er es gewagt haben, wenn er schon früher ! Und warum nicht? Es sieht seiner Frechheit ähnlich, sich von mir noch das Geld zur Flucht, den Lohn auszahlen zu lassen für den Verrath, den er an mir begangen. — Doch Gurten sprach von Beweisen! Existiren solche? Sah ich es nicht mit eigenen Augen, daß Bachmann sie damals in's Feuer warf? — Sollte er mich getäuscht haben? Nein, nein, mich schreckt ein Hirngespinst! Auf! Den Kopf nicht verloren! Bachmann habe ich in Händen und alles Andere verlache ich! — Doch Bachmann muß befriedigt werden, ich gebe ihm die verlangte Summe, dann muß er fort! Aber seinen Schein will ich besser verwahren! O, mein werther Herr Doctor! (Eilt zur Thür und schließt sie und beginnt dann den Schrank von der Wand zu rücken.) Wagen Sie es, mir entgegen zu treten, sie werden sicher unterliegen! So — nun rasch! Und vorsichtig — damit mich Niemand hört — es könnte Verdacht erwecken — so, noch einen Zoll breit — nun kann ich dazu! (Starrt einen Moment wie vom Schlage gelähmt auf das Fach, dann mit furchtbarem Aufschrei.) Ah! Das geheime Fach ist aufgesprengt, — leer — leer und hier — was ist

Als Manuscript gedruckt.

das — ein Zettel? (Liest.) „Franz Wolten! Du bist um Deine Sicherheit! Der Schein ist in meinen Händen. Und damit Du Alles weißt, die Beweise deiner Fälschung — sie existiren noch — ich habe sie in Händen — zittere vor meiner Rache! Bachmann." — O Verrath! Ich bin bestohlen — von ihm — sicher gestern, als er hier — und die Papiere — sie existieren noch! — Nein, nein! Nicht möglich! Er will mich zwingen! Doch jetzt heißt es, keine Zeit verlieren — ich muß ihm nach — ich muß ihn wieder haben. (Es klopft an der Thür.) Schon wieder Jemand! Kann ich denn nicht allein sein? Wer ist?

Albert (von außen.) Ich, mein Vater!
Wolten. Was willst du?
Albert. Oeffne, mein Vater! Ich muß Dich sprechen!
Wolten. Ich bin beschäftigt — ein andermal!
Albert. Nein, nein, mein Vater — jetzt — ich muß — es ist wichtig!
Wolten (öffnet.) Was will er nur? Fassung!

5. Scene.

Wolten. Albert.

Albert (bleich und verstört). Verzeihung, Vater, daß ich Dich störe.
Wolten. Das thust Du in der That! Ich habe augenblicklich keine Zeit — ich muß fort!
Albert. Und doch mußt Du mich hören, Vater! Von dieser Unterredung hängt mein ganzes Wohl und Wehe — mein Leben oder Sterben ab.
Wolten. Was willst Du damit sagen? Rede, aber schnell!
Albert. Es ist ja so wenig, was ich heute von Dir verlange, Vater! (dumpf.) Und doch — vielleicht so viel. Nur eine Frage habe ich an Dich zu richten und ich brauche nichts als ein einfaches „Ja" oder „Nein" von Dir zu hören. Aber Wahrheit verlange ich, Wahrheit! —
Wolten. Albert — ich verstehe Dich nicht! Du bist erregt! (b. S.) Hätte er eine Ahnung? (laut.) Ich habe Dich

nie so gesehen — allein ich bin gerade jetzt nicht in der Laune, Deine Stimmung —

Albert (entschlossen). Höre mich an, Vater! Du weißt, daß ich Dir stets ein guter Sohn gewesen! Alle die Thorheiten, denen die Jugend unterworfen ist, — Du hast durch mich ihrenthalben nie gelitten. Stets habe ich die Pflichten erfüllt, die mir meine Stellung auferlegte — innig habe ich Dich geliebt als ein guter Sohn!

Wolten (drängend). Albert!

Albert. Und Du hast es verdient! Seit dem Tode meiner Mutter, die ich so früh verlor, hast Du mich allein geführt und geleitet, ich war Dir dafür dankbar — ich habe Dich geliebt, geehrt, geachtet!

Wolten. Diese Umschweife —

Albert. Und heute, Vater — vor wenigen Augenblicken noch — verdamme mich, habe ich mir die Frage gestellt — ob ich Dich noch fürder achten kann!

Wolten. Albert! (b. S.) Er weiß —

Albert. Ein Mann trat vor mich hin, ein Mann, der mir theuer sein sollte, denn er ist der Vater des Mädchens, das ich heiß und innig liebe.

Wolten. Wie —?

Albert. Ja, mein Vater! Ich liebe — liebe Lili — (zögernd.) Hartung. (fast schreiend.) Hartung! Hörst Du's, Vater? Hartung! Sagt Dir der Name nicht Alles, was ich auf dem Herzen habe?

Wolten (scheu.) Ich verstehe nicht —

Albert. Weißt Du, was geschehen ist? Lili's Vater ist zurückgekehrt aus fernen Landen. Er verweigert mir ihre Hand — hörst Du's Vater! — und — nennt Dich — einen Ehrlosen — einen Verbrecher!

Wolten (zuckt zusammen, schlägt den Blick zu Boden).

Albert (sieht ihn entgeistert an, er beginnt zu fürchten, mit zweifelnder Stimme): Vater, was soll ich thun?

Wolten. Mein Sohn —

Albert. O sage nichts, mein Vater! Ich darf sie nicht hören, diese Stimme, die mir zum Herzen dringt. — Sieh' mir in's Auge — der Mann dem Manne — der Vater dem Sohne — und antworte mir: Bist Du schuldig oder bist Du es nicht?

Als Manuscript gedruckt.

Wolten. Höre mich, Albert —

Albert (flehend). Sieh mir in's Auge! (kleine Pause.) (verzweifelnd.) Sieh mir in's Auge! (kleine Pause.)

Wolten (versucht seinen Blick zu erheben und vermag es nicht).

Albert (mit furchtbarem Aufschrei). Ach! — allmächtiger Gott! Mein Vater ist ein — — (das Wort erstirbt in einem krampfhaften Schluchzen, er sinkt in einen Stuhl zusammen.)

(Pause.)

Wolten. Höre mich, Albert.

Albert (sich fassend). Nein, nein! Kein Wort mehr! Sage, was Du willst! Versuche zu leugnen, zu entkräftigen — zu beweisen — (dumpf) Der Blick, den Du zu Boden schlugst — sagt mir Alles! (weich.) O wie Recht hatte Lili, der reine Engel. Sie konnte sich nicht täuschen! — O wie bin ich zu beklagen, mein ganzes Leben ist vernichtet, vernichtet durch die Hand meines Vaters!

Wolten. Albert! Höre mich endlich an und versuche es, Dich zu fassen! — Du klagst mich an, verurtheilst mich, weil Jene Dir sagten — ich sei schuldig!

Albert. Du selbst, Vater, hast es ausgesprochen, indem Du schwiegst! — Die Stimme der Wahrheit geht rasch vom Munde, sie braucht der Umschweife — der Ueberlegung nicht! Du selbst hast Dich verurtheilt — (verzweifelnd.) Vater! Vater! Was hast Du gethan?

Wolten. Und wenn ich's gethan! Willst Du mir daraus einen Vorwurf machen? Du mir? Für wen habe ich Alles gethan? Nur für dich!

Albert (entsetzt.) Für mich?

Wolten. Für Dich und Deine Mutter! — Zu jener Zeit hatte ich mich heimlich in Speculationen eingelassen, die mir großen Gewinn bringen mußten, wenn ich noch eine Summe verwenden konnte. — Auf der anderen Seite aber drohte mir Untergang und Schande — da ich mit mir anvertrautem Gelde speculirt hatte. — Ich griff zu jenem Mittel — und ich ward reich! Da erkrankte Deine Mutter — sie starb. — Du bliebst mir allein! Und mein ganzes Glück wollte ich nur in Dir finden. Alle die tausendfache Noth und Sorge, die Demüthigungen und Zurücksetzungen, denen der Arme ausgesetzt ist — Du solltest sie nie kennen lernenen. Ich schwur es mir! Eine fieberhafte

Haft des Erwerbens erfaßte mich — aber für wen? — Nur für Dich! Für wen habe ich erworben, gearbeitet, gerungen? Nur für Dich!

Albert. Jeden Tropfen Schweißes, den Du für mich vergossen in harter, ehrlicher Arbeit — ich hätte ihn bezahlt mit heißem, innigem Danke, — aber daß du — O mein Gott! —

Wolten. Und habe ich nicht gut gemacht, was ich — nun ja, verblendet von Leichtsinn, einst beging? Habe ich, — wie ich beweisen kann — nicht mehr als das Doppelte jener Summe, unter allem möglichen Vorwand, den Erben des Hauses Tohrmann zugeführt?

Albert. O Vater, das sind Sophismen, hinter welche sich gern das Verbrechen verbirgt. -- Und hättest Du jeden Pfennig hundertfach vergütet — womit willst du das Unheil gut machen, das Du über eine ganze Familie gebracht — ein Unheil, das nun auch mich vernichtet!

Wolten. Mein Sohn —

Albert. Ja, auch mich! Lili kann nie mein eigen werden. Nichts ist im Stande den Schimpf abzuwenden, der uns nun droht, denn Hartung verlangt zu sehr nach Rache. O mein Vater! Ich beschwöre Dich! Rette Dich vor Kerker und Schmach. Komm! Laß uns fliehen! Wirf alles Vermögen von Dir! Ich will für Dich arbeiten, schaffen und ringen! Gieb dem Rechtlosen seinen ehrlichen Namen wieder. O thue dies mein Vater — damit ich Dich wieder achten kann! — Vater, hörst Du mich?

Wolten (hat sich zusammengerafft.) Genug! Ich habe Dir lange zugehört. Ich habe der Erregung Deiner Seele viel zu Gute gehalten, aber was Du jetzt von mir verlangst, ist Wahnsinn!

Albert. Vater!

Wolten. Glaubst Du, ich werde die Stellung so leicht aufgeben, die ich besitze? O nein! Sie mögen kommen mit ihren Beschuldigungen und Beweisen! Ich werde ihnen begegnen! — Glaubst Du, ich werde nicht den Muth finden, dem die Stirne zu bieten, was sie gegen mich ersinnen? Und wem wird man glauben? Dem geachteten Wolten oder dem Sträfling Hartung!

Als Manuscript gedruckt.

Albert. Vater! Du willst das Gewebe der Lüge und Heuchelei fortsetzen?

Wolten. Willst Du mich etwa daran hindern? Gehe hin und stelle Dich auf ihre Seite, wenn Du willst!

Albert. Und an meiner Achtung und Liebe ist Dir nichts gelegen?

Wolten. Verweigere sie mir, wenn Du ein Undankbarer sein willst!

Albert (im höchsten Schmerz.) Vater!

Wolten (kalt.) Genug!

Albert. Vater! — O mein Gott! — (Faßt sich.) Lebe wohl, Vater! Wir sehen uns nie wieder! Den Fehltritt, den Du in jugendlichem Leichtsinn begingst, ich hätte ihn Dir vielleicht verzeihen können, aber Deiner Schande, Deinem Untergange, die unausbleiblich sind, als stummer Zeuge zuzusehen — das vermag ich nicht! Ich verzeihe Dir, Vater, daß Du mein Lebens Glück vernichtet hast — das was Du jetzt beginnst, verzeihe ich nie! Lebe wohl! (Stürzt ab.)

Wolten. Albert! Albert! Höre doch! Albert! Der Rasende er ist im Stande, sich zu — doch nein! Nein! Das wird er nicht! (Kleine Pause.) Thor, der ich war, mich überraschen zu lassen! Warum habe ich es gestanden? — Siege ich in dem Kampfe mit Hartung, so hätte mir Albert glauben müssen — so aber — O, ich Thor! — Und jene Beweise, wenn sie noch existiren — ich glaube es nicht, — müssen sie echt sein? Hat Hartung damals als Fälscher gegolten — kann er es nicht auch jetzt sein? Kann er nicht auch diese Papiere gefälscht haben? — Jetzt wo er einen Bachmann zum Genossen hat? — Ja, so sei's! Das ist der Weg zu meiner Rettung (Hat während der letzten Sätze den Schrank wieder sorgfältig auf seinen Platz gerückt.)

6. Scene.

Wolten. Gurten.

Gurten. Verzeihen Sie —

Wolten. Herr Doctor —

Gurten. Es war Niemand da, der mich meldete —

Wolten (kalt und ruhig). Oh, ich bitte! (b. S.) Jetzt heißt es, auf der Hut sein! (laut.) Sie wünschen, mein Herr?

Gurten. Ich komme im Auftrage meines Clienten, um Ihnen mitzutheilen, daß er jeden Vergleich mit Ihnen zurückweist.

Wolen (verwundert). Mit mir?

Gurten. Und daß er sich einzig mit dem Gedanken trägt, seine Ehre wieder herzustellen und Sie der gerechten Strafe zu überliefern.

Wolten. Mich? — Herr Doctor, Sie scheinen von einem Irrthum befangen zu sein! Wie kommt Ihr Client dazu, sich — an mir — rächen zu wollen, — da doch mein Freund —

Gurten. Mein Herr! Was soll dies Maskenspiel der Redewendung, mit dem Sie mich nicht täuschen können und nur sich täuschen wollen? Oder sollten Sie wirklich so schwer begreifen und unsere frühere Unterredung nicht durchschaut haben? Sollte Sie Ihr Gewissen gar nicht aufklären? O, ich glaube doch! Sie wissen sehr gut, daß ich nur zu Ihnen spreche, dem einzig Schuldigen und Strafbaren!

Wolten. Herr Doctor! Sie scheinen von Ihrem Clienten getäuscht werden zu sein. Hält er mich für schuldig — gut — so mag er es beweisen! —

Gurten. Er wird es, dazu sind wir gekommen!

Wolten (höhnisch). Ich bin begierig — wie —

Gurten. Sie sollen es gleich erfahren. (ironisch.) Sie gestatten doch? (geht zur Thür und ruft.) Richard, komm! Du bist hier nöthig!

Wolten. Wie —?!

7. Scene.

Vorige. **Richard**.

Richard (tritt ein, bleibt vor Wolten stehen und sieht ihn durchbohrend an).

Wolten (erbleicht). Hartung!

Gurten. Und nun versuchen Sie es, diesem Herrn gegenüber Ihr Komödienspiel fortzusetzen.

Wolten (sucht sich zu fassen). Wie — was soll —

Als Manuscript gedruckt.

Gurten (ironisch). Ueberrascht Sie dieser Besuch? Ich dächte doch, daß Sie Ihren einstigen Freund und Collegen mit Freuden begrüßen sollten!

Wolten. Ich verstehe nicht —

Gurten. Ah — Sie kennen ihn wohl gar nicht?

Wolten. In der That —

Richard (erregt). Wirklich? Du kennst mich nicht, Franz Wolten! Mich, Richard Hartung nicht?

Wolten (entrüstet). Meine Herren! Ich verstehe nicht, was Sie wollen? — Ihr seltsamer Besuch — — Ich werde meine Leute rufen! Sie überfallen mich in meiner eigenen Behausung — wie einen Verbrecher!

Gurten (kalt). Wie Sie es verdienen!

Wolten. Genug in diesem Tone, meine Herren, oder ich rufe um Hilfe! Werde ich endlich erfahren, was Sie wollen?

Gurten (zieht ruhig die Papiere aus der Tasche, und hält sie ihm vor). Kennen Sie diese Papiere?

Wolten (erbleicht — b. S.) Gerechter Gott! Sie existiren!

Gurten. Sie erbleichen?

Wolten. Ich? Wie sollte ich —

Richard. Und Sie leugnen, diese Papiere zu kennen?

Wolten. Diese Papiere? — Und was erhellt aus diesen —?

Gurten. Daß Sie jenen Wechsel gefälscht haben.

Wolten. In der That? — Und damit wollen Sie Ihre Behauptung beweisen?

Richard. Allerdings!

Wolten (kalt). Thun Sie es! — Nur vergessen Sie das eine nicht! — Vor den Gerichten gilt Richard Hartung als Fälscher und ich werde die Richter darauf aufmerksam machen, daß es ein Leichtes für ihn sein konnte, auch diese Schriften zu verfertigen.

Richard (drohend). Herr!

Gurten. Ruhe, Freund! — Wissen Sie, was Ihre Verdächtigung sehr entkräftigen wird? — Daß diese Papiere von einer sehr glaubwürdigen Person den Gerichten übergeben worden sind.

Wolten (voll Hohn und Grimm). Etwa von Bachmann?

Gurten. Bachmann? Bachmann? Ei, mein Herr, woher wissen Sie, daß Bachmann —

Wolten (beginnt immer mehr die ruhige Ueberlegung zu verlieren. b. S.). Fassung! (laut.) Nun — als ob er — nicht bereits mir diese Papiere zum Kaufe angeboten hätte, der Schurke — der Fälscher!

Gurten (zieht langsam noch ein Schriftstück heraus). Und hier, dieser Schein — nur von Ihrer Hand geschrieben und von Bachmann unterzeichnet, wäre auch falsch —?

Wolten (mit steigender Verwirrung). Dieser Schein! — in Ihrer Hand! Und diese Papiere den Gerichten über= geben —

Gurten. Allerdings!

Wolten (erregt). Von wem? Von wem?

Gurten (kalt und ruhig). Von mir!

Wolten (mit furchtbarem Aufschrei, wie von einem Schlage getroffen, sich vergessend). Ah! — Sie! Sie, also haben sich zum Mitschuldigen dieses Diebes gemacht, der mich be= stohlen. —

Gurten (höhnisch). Ei, mein Herr! In der That! Man hat Sie also bestohlen?

Wolten (faßt es, daß er sich verrathen, beginnt zu wanken). Was that ich?

Gurten. Sie geben also zu, daß dies Ihre Pa= piere sind?

Wolten (entsetzt). Verloren! Verloren!

Richard (mit bebender Stimme). Antworte, Elender, hast Du diese Papiere geschrieben?

Wolten. Verrathen — Alles vorbei!

Richard. Antworte — hast Du dies geschrieben?

Wolten (sinkt gebrochen. wie bejahend zusammen).

Richard (aufschreiend — will ihm' in's Gesicht schlagen). Schurke! Elender!

Gurten (hält Richard zurück). Freund, bedenke —

Richard (faßt sich). Du hast Recht! (ruhiger.) Also Du warst jener Fälscher?

Wolten (nickt stumm.)

Richard. Auch der Dieb?

Wolten (tonlos). Ja!

Richard. Und ich mußte büßen! O Gerechtigkeit!

Als Manuscript gedruckt.

Wolten (erhebt sich mühsam). Sie haben das Geständniß meiner Schuld; sind wir zu Ende?

Gurten. Sie versprechen uns dies Haus nicht eher zu verlassen, bis Sie den Gerichten übergeben worden sind.

Wolten (entsetzt.) Den Gerichten —

Gurten. Versprechen Sie dies?

Wolten (mit fürchterlichen Entschluß). Ich schwöre Ihnen dies Haus — nicht zu verlassen! —

8. Scene.

Vorige. **Albert**.

Albert (stürzt, bleich und verstört herein.) Großer Gott, was geht hier vor!

Gurten. Herr Wolten, gut daß Sie kommen. (Weich.) Ihr Vater wird Ihrer jetzt bedürfen.

Wolten (Albert anstarrend). Albert du —

Gurten (zu Richard). Komm, mein Freund! Ich denke, wir sind hier überflüssig! (zu Albert.) Fassung, armer junger Mann, tragen Sie das Unabwendliche mit Ergebung.

Richard. Mein Herr! (Beide verbeugen sich, ab.)

9. Scene.

Wolten. Albert.

Wolten. Albert, Du, — Du kommst zu mir.

Albert. Vater, ich hörte, Du seist in Gefahr, und da kam ich —

Wolten (gerührt.) Du kommst zu mir?

Albert Vater, was ist geschehen?

Wolten (tonlos.) Was Du von mir verlangtest!

Albert (verhüllt sein Gesicht.) O, mein Gott! — Vater armer Vater! —

Wolten (schmerzlich aufschreiend). Albert — Du bedauerst mich — gutes braves Kind! (wankt zu ihm, stürzt ihm zu Füßen.) Albert! Verzeihung! Verzeihung!

Albert (hebt ihn auf, umarmt ihn). Vater! Vater! — O mein Gott! — Warum hast Du das gethan!

(Vorhang fällt.)

Verwandlung.

Decoration wie Act I.

10. Scene.

Elisabeth dann **Gurten.**

Elisabeth (allein — nachdenkend). Mein Kind verschließt sich vor mir! — Seit gestern meidet es meine Gegenwart. — Und weshalb? Ist es sich eines Unrechts bewußt? — O nein! Ich bin es, ich, der meine Lili ein Unrecht vorwirft. — O mein Gott! Ich habe nicht nur ihn verloren — auch mein Kind, — ich fühle es, — das an ihm hängt mit der ganzen Innigkeit ihrer jugendlichen Seele! — Was thun? Was beginnen? O, daß ein Lichtstrahl mir erschiene in der Nacht, die mein Geschick umgiebt.

Gurten. Verzeihung, daß ich Sie in ihrer Ruhe störe. —

Elisabeth. O, entschuldigen Sie sich nicht! — Sie wissen nicht, wie dankbar ich Ihnen heute für Ihr Kommen bin. Ich benöthige ja so sehr eines Menschen, der mir Trost und Hilfe bietet.

Gurten. Trost und Hilfe verlangen Sie von mir? — Ich bezweifle sehr, ob ich Ihnen diese schaffen kann, denn ich komme, Sie auf eine Entschließung Richards vorzubereiten, die verhängnißvoll für Sie werden kann.

Elisabeth. Reden Sie, ich beschwöre Sie!

Gurten. Vor allen Dingen muß ich Ihnen mittheilen, daß Richard's Unschuld nun nicht mehr anzuzweifeln ist.

Elisabeth (ihn anstarrend). Was sagen Sie?

Gurten. Daß diese durch das offene Geständniß des Schuldigen klar zu Tage liegt.

Als Manuscript gedruckt.

Elisabeth (furchtbar erregt). Doktor! Freund! — Also doch!

Gurten. Wie ich Ihnen sage! Wolten hat Alles bekannt.

Elisabeth. Wolten? Also wirklich? Und ich — ich — o — o mein Gott! (bricht schluchzend zusammen.)

Gurten. Arme Freundin! (kleine Pause).

Elisabeth (wie rasend). Was habe ich gethan? O mein Gott, wie kann ich das sühnen?

Gurten (nach einer kleinen Pause; ernst). Vielleicht durch eine schwere Prüfung, die Ihnen auferlegt wird.

Elisabeth. Und ich selbst habe das Band gelöst, das ihn an mich gefesselt hielt. — O, ich unglückliches Weib!

Gurten. Fassen Sie sich, Elisabeth. Ich bin noch nicht zu Ende!

Elisabeth. Noch nicht zu Ende?

Gurten. Sie selbst haben Ihrem Gatten mitgetheilt, was ich ihm ängstlich verschwiegen hatte, da ich wußte, wie tief es ihn verwunden mußte, — daß Sie sich nach seiner Verurtheilung von ihm gesetzlich trennten! — Diese Scheidung macht Sie Beide frei! — Allein (zögernd.) — Sie haben ein Kind!

Elisabeth (entsetzt). Oh mein Kind! Er will mein Kind? Hat er ein Recht darauf?

Gurten. Da Richard wieder in alle bürgerlichen Rechte eintritt, so steht ihm frei, an sein Kind mit der Frage heranzutreten, wem es von nun an folgen wolle?

Elisabeth. Und er beabsichtigt —?

Gurten. Diesen Schritt zu thun.

Elisabeth. O mein Gott!

Gurten. Da ihm eine Gemeinschaft mit Ihnen — verzeihen Sie — durch Ihre eigene Schuld — nicht möglich erscheint, er jedoch an Lili mit der ganzen Gluth einer neu erwachten Liebe hängt und sich nie wieder von ihr trennen will, so beabsichtigt er, heute vor Lili hinzutreten und an sie die entscheidende Frage zu stellen.

Elisabeth. Ich sollte Lili verlieren? — Und er könnte jetzt, wo seine Seele voll des Jubels über seine Rechtfertigung sein muß, er könnte jetzt so grausam sein, mir Lili zu rauben, mich so hart zu strafen? Und weshalb?

Was habe ich denn begangen? Ich habe die Ehre höher geschätzt als die Liebe. Und dafür soll ich büßen?

Gurten. Vielleicht — gerade dafür! Glauben Sie mir, Elisabeth! Was auch geschehen mag, das Weib soll stets an ihren Gatten glauben. — Das gegenseitige Vertrauen der Gatten zu einander ist die Brücke über so viele Mißverständnisse des ehelichen Lebens. Es ist der feste Kitt eines Bundes, der durch nichts gelockert werden soll. Was auch geschehen mag, mag alle Welt an einem Weibe, an einem Manne zweifeln, mag alle Welt sie verdammen, die Gattin und der Gatte — sie müssen fest zusammen stehen! Das erst ist es, was den ehelichen Bund zur heiligsten Institution der menschlichen Gesellschaft macht. — Denn sonst ist die Ehe nichts als ein Geschäftsvertrag, eine gemeinsame Jagd nach Lust und Genuß. — Sie haben das Band zerrissen, das Sie an Ihren Gatten fesselte. — Und Sie wundern sich, daß dieser Riß sich jetzt schmerzlich fühlbar macht? Wer soll das Band auf's Neue knüpfen? — Er wird es nicht! Und Sie — wird es Ihnen gelingen?

Elisabeth. Doctor, martern Sie mich nicht!

Gurten. Fast zweifle ich. Doch versuchen Sie es, ich will Sie gern dabei unterstützen.

Elisabeth. Wie — ich sollte —

Gurten. Muth! Vielleicht läßt sich noch Alles zum Guten führen! Sie kennen sein edles Herz, appelliren Sie an dasselbe.

Elisabeth. Wie, ich sollte — — Nein, nein, das vermag ich nicht.

Gurten. Wie!

Elisabeth. O, Freund, halten Sie dies nicht für unbeugsamen Stolz! Ich vermag es nicht, mich ihm zu nähern, weil ich fühle, daß ich keiner Vergebung werth bin, daß ich ihn verlieren muß, den ich so heiß geliebt! — aber mein Kind — mein Kind —!

Gurten. Ueberlegen Sie rasch, was Sie thun wollen, — in wenig Augenblicken wird er hier sein.

Elisabeth. Hier?

Gurten. Er will Lili sprechen — allein sprechen, und bat mich es so einzurichten —

Elisabeth. Ich soll mich entfernen?

Als Manuscript gedruckt.

Gurten. Nach seinem Willen, ja! Doch ich beschwöre Sie, bleiben Sie! Ich fühle, daß die Lösung der Verhältnisse durch einen neuen Zwiespalt nicht die richtige ist und daß Alles aufgeboten werden muß, um einen Ausgleich zu Stande zu bringen. Und ich meine — da die Liebe Sie doch einst vereinigte — Doch still, Lili!

11. Scene.
Vorige. **Lili.**

Lili. (bleich und abgehärmt, kommt von links hinten; sie beachtet Elisabeth nicht).
Elisabeth (b. S.) Lili!
Lili. Ah, Doctor! Sie hier? Und allein? Wo ist mein Vater? Er kommt nicht mit? — Ich habe mich so nach ihm gesehnt.
Gurten. Er wird bald kommen. Er will Sie sprechen!
Lili (erfreut). Also doch! So denkt er doch an mich? O, wie mich das glücklich macht! (trocknet sich gerührt die Thränen ab.)
Elisabeth (vorwurfsvoll). Lili! Und mir, mir sagst Du kein Wort, keinen freundlichen Gruß? So sehr zürnst Du mir, — daß ich — Deinen Vater verurtheilt habe!?
Lili (fällt ihr schluchzend um den Hals). Mutter, Mutter! (macht sich wieder los.) O, mein Gott!
Elisabeth. Was hast Du? —
Lili (umarmt Elisabeth aufs neue). Ich, Dir zürnen? — Ich — Dir, o Mutter — (faßt sich, dann haftig.) — Doch jetzt, Mutter, noch ein Wort (das Ganze im Zwiespalt widerstreitender Gefühle.) Mutter, sieh — ich stehe vor Dir — im fürchterlichen Zwiespalt — meiner Seele (kleine Pause.) Ich habe heute lange mit mir berathen, was von jetzt ab meine Lebensaufgabe sein soll, und bin dann endlich — verzeih zu einem Entschluß gekommen! — Sieh, Mutter — Du darfst mir nicht zürnen, darfst mich keine Undankbare schelten — allein, ich meine, — daß ich mich künftig dem widmen muß, der bisher (hält inne, mit Thränen kämpfend.) — Und — da Ihr Beide — Euch doch nicht — versteht — so muß ich ihm folgen — meinem Vater! (in heftige Thränen ausbrechend, sinkt der Mutter zu Füßen und umschlingt sie zärtlich.) O, Mutter, Mutter! Was hast Du gethan!

Gurten (b. S.) Arme Frau!

Elisabeth (sie zärtlich an sich drückend). Ja, weine, weine über mich, armes Kind, — ich bin tief zu beklagen!

Lili. O, ich weine nicht über Dich, über Deine arme Lili weine ich, die so elend ist, daß sie Dich verlassen muß! Als ich Dich nicht sah, da dachte ich mir meinen Entschluß so leicht — und jetzt — (auf's Neue ausbrechend.) — O Mutter, daß es so kommen mußte!

Elisabeth (erschrickt, da Richard im Hintergrunde erscheint.) Gott! — da ist er! — Hinweg, von mir, Lili! Gehe zu ihm! — zu ihm! — Mich laß allein! — allein! Ich sei verstoßen!

Lili. Mutter!

12. Scene.

Vorige. **Richard**.

Gurten (ist ihm entgegengegangen).

Richard (sieht Elisabeth und sagt vorwurfsvoll). Gurten! Das ist wider die Verabredung!

Gurten Ich konnte nicht anders!

(Pause.)

Elisabeth (rafft sich plötzlich auf und will fort) Laß mich!

Lili (halblaut zu Elisabeth). Nein Mutter! Nein nein! Ich lasse Dich nicht fort! Treibe Deinen strengen Sinn nicht auf's Aeußerste! Findest Du es denn nicht, das Wort, das allein uns Frieden schaffen kann?

Elisabeth (halblaut zu Lili). Du meinst, ich wolle nicht um Verzeihung flehen? O, wie gerne thäte ich es, doch sieh hin in die strengen Züge Deines Vaters, und frage Dich, ob er verzeihen kann! Nein, nein, er kann es nicht — ich fühl' es, er wird es nicht! — Aber Du, mein Kind, Du darfst mich nicht verlassen. — (zu Richard.) Mein Herr — Sie sind gekommen — ich weiß Alles! — Ich fühle, wie ich gefehlt — allein seien Sie menschlich! — Lassen Sie mir mein Kind, rauben Sie mir nicht den einzigen Trost meines, von nun an freudelosen Daseins.

Lili. Vater! Findest Du kein Wort des Entgegen= kommens? (kleine Pause.) O, laßt mich die Brücke sein zu Euren Herzen. Sieh, Vater, wenn Du mich lieben mußt, nicht etwa weil die Stimme des Blutes Dich zu mir zieht, sondern weil Du mich gut und brav befunden — wem dankst

Du es? — nur ihr, meiner lieben, guten Mutter! O, sei nicht hart! — Sie wagt es nicht, die Bitte um Verzeihung auszusprechen, darum sei milde und gut. Sprich Du das erste Wort, wenn Du nicht willst, daß ich zu Grunde gehe! Vater!

Gurten. Richard, wenn ich noch an Dein Herz glauben soll, so übe Nachsicht!

Richard. Nachsicht soll ich üben? Hatte Sie Nachsicht mit mir?

Lili. Vater! Verzeihung!

Richard. O, wie greifen sie in meine Seele! Ich möchte ja gern — aber ich kann es nicht — ich kann es nicht! Ich hab's geschworen.

13. Scene.

Vorige. **Albert.**

Albert (schwarz gekleidet, ruhig und gefaßt.) Herr Hartung!

Richard. Mein Herr —

Albert. Verzeihen Sie, daß ich vor Ihnen erscheine. Ich wollte — (sieht auf Elisabeth, Lili und schweigt.)

Richard (zu Elisabeth.) Führen Sie Lili fort, es könnten Dinge zur Sprache kommen, die ihre erregte Seele nicht verträgt. (Zu Lili.) Ich bitte Dich, gehorche!

Elisabeth. Komm, komm, mein Kind. (Führt die widerstrebende Lili von dem Hause ab.)

14. Scene.

Richard. Gurten. Albert.

Albert. Ich komme im Auftrage eines Dahingeschiedenen — im Auftrage meines Vaters.

Richard. Was sagen Sie —

Albert. Wundern Sie sich nicht, daß ich noch einmal vor Ihnen erscheine, der Sie mir den Vater getödtet. — Gestern — als Sie von uns gegangen waren, hatte — er — mir Alles gesagt! Dann sandte er mich fort mit einem Auftrage. — Ich ging — er schien so ruhig — so gefaßt. Als ich zurückkehrte, — ertönte ein Schuß! Ich fand meinen Vater als Sterbenden. Auf seinem Tische lag dies Blatt Papier, das schriftliche Geständniß seiner Schuld. — „Albert," sagte er zu mir mit brechender Stimme. „Geh' zu Hartung, übergieb ihm dies Papier und sage ihm — er möge mir verzeihen! Er wird es, den der Wunsch eines Sterbenden ist Jedem heilig!" — Und darum bin ich hier!

Richard (nimmt das Papier.) Mein Herr! Sie fordern viel! Ich soll dem Manne vergeben, der mein ganzes Lebensglück vernichtet hat.

Albert. Mein Herr! Haben Sie Nachsicht mit mir. Ich kann nicht mit dem Gedanken scheiden, daß Sie uns fluchen werden noch über's Grab!

Richard. Was sagen Sie?

Albert. O mein Herr, vergeben Sie ihm und mir, der ich ja ohnehin schon so elend bin — und Ihnen doch nichts zu Leid gethan habe.

Richard (etwas bewegt.) Ihnen, mein Herr, habe ich nichts zu vergeben! Wenn es Ihnen ein Trost ist, so will ich Ihnen gestehen: Ich hätte Sie unzweifelhaft lieben gelernt, wenn ich Ihnen unter anderen Verhältnissen begegnet wäre. — So aber trennt uns ein Verhängnis, das Ihr Vater heraufbeschworen hat.

Albert. Nun denn, — dann sind wir zu Ende!

Richard. Halt, mein Herr! Ich habe an Sie eine Bitte!

Albert. Das wäre?

Richard. Sie sagten vorhin, Sie könnten es nicht ertragen, daß ich Ihnen zürne über's Grab! Was haben Sie vor?

Albert. Ich —

Richard. O, verhehlen Sie es mir nicht. Ich weiß was Sie beabsichtigen! Sie wollen sich tödten. Soll ich Ihre unschuldige Seele auf mein Gewissen laden?! Sie dürfen sich nicht tödten!

Letzte Scene.
Vorige. Lili. Elisabeth.

Lili (hat das Letzte gehört, stößt einen Schrei aus und stürzt vor). Ah! — Allmächtiger Gott! Albert! Sie wollen sich tödten?!

Albert. Lili!

Richard. Mein Kind!

Elisabeth. Sie wollte sich nicht halten lassen!

Als Manuscript gedruckt.

Lili. Wie, ich sollte mich zurückhalten laſſen — wenn er ſich tödten will?

Albert (ſie anſtarrend). Lili!

Eliſabeth. Mein Kind!

Richard. Entferne Dich.

Lili (voll Leidenſchaft). Laßt mich! laßt mich! Ich muß ihm ſagen, was ich auf dem Herzen habe. Albert, Sie wollen ſich tödten!? — Nein, nein! das dürfen Sie nicht. — Sehen Sie auf mich und erbarmen Sie ſich meiner! Um meinet= willen — Albert — leben Sie! Ich würde es ja nicht er= tragen, wenn Sie ſich tödteten!

Albert. Lili!

Eliſabeth. Mein Kind!

Richard. Was thuſt Du?

Gurten. Braves Mädchen!

Lili. Ja, er ſoll es wiſſen, bevor er von mir geht. — Ihr ſollt es Alle wiſſen — Du auch — Vater — der Du — ohne es zu wollen — mein Lebensglück vernichten mußt! —

Richard. Lili! Ich, Dein Glück —

Lili. Ja, Vater! Ich weiß, wir können einander nicht angehören, allein er ſoll es wenigſtens hören, — daß ich ihn liebe!

Albert. Lili!

Lili. Ja, Albert! Ich liebe Sie heiß und innig! Verzeihen Sie, wenn ich ſo oft mit Ihnen Scherz und Spott getrieben! Es war dies Alles nur ein Zeichen meiner Liebe, die ich noch nicht verſtanden habe! Aber von dem Augen= blicke an, wo ich begriff, was Ihr Vater an dem meinen gethan —

Albert. O mein Gott!

Lili. Als ich die unüberwindlichen Hinderniſſe ſah, die ſich vor unſeren Herzen aufthürmten, da fühlte ich, wie edel, brav und gut — Sie ſind, Albert — da fühlte ich, daß ich Sie lieben muß, trotz Allem, was geſchehen! (kleine Pauſe.) So, Vater. — Das mußte geſagt ſein! Und nun, Albert, gehen Sie — und wenn Sie mich lieben — es iſt ja die erſte Bitte, die ich an Sie richte, — dann geben Sie den Gedanken auf, ſich zu tödten!

Albert. O Lili! Sie wiſſen nicht, was Sie von mir verlangen! Für Ihre Worte, die wie Balſam auf mein wundes Herz fielen, ſegne Sie Gott! — mich aber laſſen

Sie gehen! — Ich soll leben, von Ihnen verbannt, ohne Trost im Herzen? O nein, mein Vater hat mir den Weg gezeigt, den ich gehen muß.

Lili. Albert! Was sagen Sie? Ihr Vater ist —

Albert (in tiefen Schmerz ausbrechend). Todt! todt! (er ist in einen Stuhl gesunken).

Lili (eilt zu ihm, kniet bei ihm nieder). O, jetzt erst begreife ich Ihren namenlosen Schmerz. — Albert, mein geliebter Albert, verzweifle nicht! — Sieh, Albert, ich bin ja bei Dir, Deine Lili, die mit Dir klagen, mit Dir weinen will, wenn es Dich trösten kann — nur verzage nicht! Jetzt ist Alles vorbei, jede Furcht, jede Zaghaftigkeit meiner Seele. — Mag Dein unglücklicher Vater was immer begangen haben — jetzt ist er todt — mögen mich Alle verurtheilen, ich stehe zu Dir, mein Albert, denn Dein bin ich, jetzt fühl' ich es, in all dem Leid, Dein allein für's ganze Leben!

Elisabeth. (b. S.) Mein braves Kind! Welch Beispiel giebst Du mir!

Albert. Lili! Lili! Sie wissen nicht, was Sie beginnen! Verlassen Sie mich — verlassen Sie den Sohn eines —

Lili (hält ihm in Thränen lächelnd den Mund zu). O still, mein Albert! Tadle ihn nicht! Ihm dank ich's ja daß ich weiß, wie ich für Dich fühle! —

Albert. Arme Lili! O hättest Du es nie erfahren! (steht auf und erhebt sie.) Doch nun, lebe wohl — wir müssen scheiden!

Lili (ihn umklammernd). Albert, ich lasse Dich nicht!

Albert. Ich muß! (macht sich los.)

Lili. Albert! Albert! (bricht in seinen Armen ohnmächtig zusammen.)

Albert (kalt zu Richard). Mein Herr? — Jetzt ist Ihre Rache gesättigt? — Mein Vater ist todt! — Und nun können Sie hingehen und ihn anklagen. Sie können es, die Beweise sind in Ihrer Hand! Laden Sie Schimpf und Schande auf das Grab meines Vaters und auf mich — (nimmt Lili bei der Hand, die sich etwas erholt hat.) Doch sehen Sie auch hierher, bevor Sie gehen, hierher auf dies holde Wesen, in dies Antlitz voll Leid und Jammer, und dann gehen Sie, brechen Sie mein Herz und das Herz Ihres Kindes! — (Große Pause.)

Als Manuscript gedruckt.

Richard (in heftigem Kampfe). Nein, nein! Was schaut Ihr mich Alle an, so stumm, so vorwurfsvoll? — Ich ertrag' es nicht! — Bin ich der Schuldige? — Konnte ich anders handeln? Mußte ich nicht meinen Namen reinigen von aller Schmach? — Und jetzt, da es geschehen ist, jetzt klagt Ihr mich an — mit stummen Mienen! (kleine Pause.) Und ich, ich soll mein Kind tödten, das sich an mich schloß mit unerschütterlichem Vertrauen? Für all seine Liebe soll ich es vernichten? — Und es gäbe kein Mittel, dem zu begegnen!? (kleine Pause, mit gewaltigem Entschluß.) Gelobt sei Gott! Noch giebt es ein Mittel. Hier! (reißt die Papiere aus seiner Tasche und zerreißt sie.) Hier, habt Ihr, was Ihr wollt — seid froh und glücklich — ich gewähr' es Euch!

Albert. Herr Hartung!
Elisabeth. Richard!
Lili. Vater!
Gurten. Was thust Du?
Richard. Was mir mein Herz eingibt! Hier Albert Wolten! Hier sind die Schuldbeweise Ihres Vaters vernichtet, — Sie können frei Ihr Haupt erheben vor aller Welt!
Albert. Wär' es möglich? Das Andenken meines Vaters — es würde nicht beschimpft nach seinem Tode?
Richard. Nein! Alles sei vergessen und verziehen!
Albert (eilt auf ihn zu). Herr! Herr! Wie soll ich Ihnen danken?
Richard (nimmt Lili bei der Hand). Machen Sie sie glücklich, die ja doch zu Ihnen gehört.
Gurten. Und Du, Freund, Du willst unter der Last der Verurtheilung weiter leben?
Richard. Muß ich nicht — meiner Kinder wegen?
Gurten. Mein großer, edler Freund!
Richard. Laß! laß! Ich gehe übers Meer, in das Land meiner zweiten Heimat! (sieht auf Elisabeth.) Werde ich allein gehen. — (zögernd.) Elisabeth —
Elisabeth (ihren Sinnen nicht trauend). Wie — Du — Du nennst wieder meinen Namen.
Richard (drängend). Nun — Elisabeth, findest Du es nicht das Wort, läßt Dein Stolz es nicht aussprechen, was Dir vom Herzen kommt, was in Deinen Mienen zu lesen ist, daß es Dich zu mir drängt mit alter Macht und Liebe? (fast schreiend.) Elisabeth, willst Du mich allein ziehen lassen? —

Elisabeth (voll Leidenschaft). Nein, nein! nicht allein! Ich gehe mit Dir. Hier, Richard! — liege ich vor Dir im Staube — sieh, ich habe allen Stolz von mir gestreift — — demüthig flehe ich zu Dir, — wie Du geschworen! Richard — verzeihe mir — ich kann Dich nicht lassen!

Richard (hebt sie auf voll Jubel). Elisabeth Du — Du.

Elisabeth. Ich gehe mit Dir bis an's Ende der Welt! wenn Du mich mit Dir nimmst — denn ich — ich liebe Dich!

Richard (sie voll Jubel umschließend). Elisabeth, mein geliebtes Weib! O meine Elisabeth! Meine Kinder! (kleine Pause, zu Gurten.) Freund! Wie soll ich Dir jemals danken?

Gurten. Dadurch, daß Ihr Alle glücklich werdet und Nachsicht habt mit den Schwächen der Menschen!

(Vorhang fällt.)

Ende.